미얀마 심층 여행기

이시환 지음

꽃잎이 너무 붉어 나는 슬프다

새로운 세상의 숲
신세림출판사

90세로 세상을 떠나신 아버지 장례를 치루고 만 5일 만에, 나는 오래 전 계획하고 약속한 미얀마 여행을 위해서 출국했다. 아버지의 마지막 거친 숨소리가 내 귓전에서 떠나지 않았는데 나는 애써 가벼운 마음으로 계획된 여행에 충실하기로 다짐하면서 눈을 감아보곤 했다.

내가 살고 있는 한국의 서울을 기준하면 겨울의 복판인 1월에 21일간 미얀마의 여러 곳을 돌아다녔다. 곧, 양곤(Yagon)·믜약우·(Mrauk-U)·버간(Bagan)·냥쉐(Nyaung Shwe)·만들레이(Mandalay) 그 외곽 지역인 아마라뿌라(Amarapura)·잉와(Inwa)·사가잉(Sagaing)·밍군(Mingun), 그리고 남쪽의 몰레먀인(Mawlamyine)·파안(Hpa-an)·낀뿐(Kinpun)·바고(Bago) 등이 그곳들이다. 극히 일부 지역인 몰레먀인(Mawlamyine)을 빼고는 가는 곳마다 불교사원들이었는데 대략 헤아려보면 최소한 일백여 곳 이상의 불탑과 사원들을 둘러보았다. 물론, 박물관과 힌두사원과 옛 성당과 교회, 그리고 영국 식민지 시절에 지어진 건축물들과 국립공원 등도 둘러보았다.

무엇을 위해서였을까? 나 자신에게 물어도 똑 부러지게 대답할 수는 없을 것 같다. 그러나 불교가 언제 어떻게 미얀마에 전파되고, 미얀마 사람들이 부처에 대해서 어떻게 인지하고 있으며, 부처에 대한 숭배를 어떻게 하는지, 그들의 신앙적 행위에 대해 이해하게 되었으며, 또한 미얀마의 역사에 대해서 부분적이나마 이해하게 되었던 점이 소득이라면 소득이었다.

과거 몽고군의 침략으로 화려했던 이곳 버간왕조가 막을 내리고, 영국과의 3차에 걸친 전쟁을 치르면서 끝내 식민지배를 받아야만 했지만 그 과정에서 부처에 대한 신앙심, 곧 불력(佛力)으로써 국난을 극복하고자 불탑을 쌓고 사원을 짓고 경전을 결집하는 등 많은 국가적 사업들을 벌였던 나라다. 어쩌면, 우리의 역사와도 적잖이 유사하다는 생각도 들었다. 한 가지 다른 점이 있다면, 미얀마 영토 내에는 여러 종족(種族)들이 살아가는 다민족 국가였기에 큰 외침 말고도 내부적인 권력 투쟁사가 더 있었다는 사실이다.

어쨌든, 나의 미얀마 여행기는 수많은 불탑과 사원들을 돌아보면서 느끼고 생각한 바가 많이 반영되었지만 탐구적인 노력으로 새롭게 알게 된 지적 영역도 반영되었다. 그리고 나 자신에게도 많은 변화를 불러 일으켰고, 그동안 내 머릿속에 정리·정돈된 불교경전 관련 내용들이, 바꿔 말해, 어쭙잖은 지식이 오만스럽게 끼어들거나 간섭한 내용들도 없지는 않다. 한 마디로 말해서, '나'라고 하는 프

리즘을 통과한 미얀마의 내외적 풍경이 그려졌다고 보면 크게 틀리
지 않을 것이다.

뿐만 아니라, 여행 중에 내게 일어났던, 받아들이기 곤란한 환영
(幻影)과 잠재된 의식(意識)들이 재구성되어 나타나는 집중된 사유현상
들은, 굳이 이를 두고 삼매(三昧)라고는 말하지 않겠지만, 내가 얼마
나 평소에 불교 관련 생각들을 많이 해왔는지 짐작하게 할 줄로 믿
는다.

아무쪼록, 이 책을 통해서 미얀마 불교나 미얀마 사람들의 의식
속에 잠재된 정서 등을 조금이라도 이해하는 데에 도움이 되었으면
좋겠다.

2019년 04월 30일
이시환 씀

차례 | 미얀마 여행기/ 꽃잎이 너무 붉어 나는 슬프다

*머리말 · 03

1. 미얀마 양곤(Yangon)으로 입국하기까지 · 12

2. 쉐다곤 파야(Shwedagon Phaya)에서 만난 붓다 · 14

3. 내친김에 양곤의 파야 뒤지기 · 22

4. 양곤에서 띄약-우(Mrauk-U)로 장거리버스 타고 가기 · 26

5. '띄약-우' 문화유산지역에서 무엇을 보아야 하는가? · 31

6. 수많은 검은 불탑들과 부처상을 바라보며 · 39

7. 띄약-우에서 버간(Bagan)으로 장거리버스 타고 가기 · 46

8. 많은 것을 생각게 하는 낯선 스카이라인의 올드 버간(Old Bagan) · 52

9. 누가 언제 무엇 때문에 이런 불탑들을 조성했을까? · 58

10. 미얀마 불국토(佛國土) 건설에 일등공신이 된 신 아라한 · 66

11. 버간(Bagan)에서 불교 유적 돌아보기 · 70

12. 오래 기억하고 싶은 아난다 구파야(Ananda Guphaya) · 78

13. 겉이 아름답다고 그 속까지 아름답지는 않아 · 84

14. 버간에서 냥쉐(Nyaung Shwe)로 이동하기 · 89

15. 냥쉐에서 2박3일 여행하기 · 93

16. 인테인의 쉐인테인 파고다 콤플렉스(Shwe Inn Tein Pagodas Complex)에서 · 110

17. 남판(Nampan) 오일장을 둘러보고 · 117

18. 장인(匠人)의 손끝에 묻어나는 불심(佛心) · 123

19. 만들레이에서 2박3일 여행하기 · 127

20. 내가 만난 붓다·Ⅱ · 136
   -마하무니 파야(Mahamuni Phaya)에서

21. '바딴타 비치따 사라비밤사(Bhaddanta Vicitta sarabhivamsa)'라는
   스님을 생각하며 · 141

22. 내가 만난 붓다·Ⅲ · 145
　　– 우 베인 다리 위에서

23. 불탑을 쌓다가 치욕을 초래한 미얀마 · 152

24. '모힝가(Mohinga)' 두 그릇을 노점에서 먹어치우다 · 159

25. 새를 파는 이는 누구이고 새를 사 풀어주는 이는 또 누구인가 · 162

26. 착한 마음이 되레 화를 부르다 · 166

27. 새삼 티크나무(Teak)가 궁금해지다 · 171

28. 맨발로 사원에 입장하는 것이 부처에 대한 예의라? · 176

29. 마하 간다용 짜웅(Maha Gandhayon Kyaung)에서 공양(供養)의식을 지켜보고 · 183

30. 만들레이에서 몰레먀인(Mawlamyine)으로 이동하여 2박3일 여행하기 · 188

31. 불탑에 기대어 낮잠을 자면서 꾼 꿈 · 195

32. 배를 타고 파안(Hpa-an) 가는 길에 생각하다 · 199
　　–미얀마 불교신자들에게 깊게 박힌 원시 샤머니즘적인 요소들

33. 스스로 생각해도 황당한 실수였다 · 208

34. 몰레먀인을 떠나기 전날 밤에 뒤늦은 공부를 하다 · 213

35. 아, 이것이 무엇이지? · 216

36. 짜익 티 요(Kyaik ti yo)로 가는 험로(險路) · 219

37. 짜익 티 요 사원을 둘러보고 · 225

38. 낀뿐에서 바고(Bago)로 이동하여 시티투어하기 · 232

39. 양곤으로 복귀하여 귀국 준비하다 · 244

41. 한 가지 이해되지 않는 점 · 246

41. 부처가 미얀마 두 상인에게 자신의 머리카락을 뽑아 주었다? · 252

42. 귀국과 나의 특별한 하루 · 258

후기 · 263

꽃잎이 너무 붉어 나는 슬프다

1.

미얀마 양곤(Yangon)으로 입국하기까지

1월 9일, 나는 인천국제공항에서 '에어 아시아'로 방콕을 경유하여 자정 무렵에야 예약된 양곤 시내 한 게스트하우스로 들어가 체크인할 수 있었다. 직항을 탔다면 60만원대로 비행시간 6시간에 시내로 이동하는 1.5시간을 더하면 도착할 수 있었으련만 그 절반 가격으로 약 두 배의 시간이 걸려서 첫 숙박지인 미얀마 제1도시 양곤 시내에 있는, 허름한 숙소에 도착한 것이다. 그러니까, 이날 아침 6시 반부터 일어나 인천공항으로 나가 비행기 좌석을 배정 받고, 보안검색 등을 거쳐 출국절차를 밟고 탑승하여 방콕에서 내렸다가 다시 양곤으로 가는 비행기를 갈아타고 미얀마 양곤으로 입국한 뒤, 버스를 타고 게스트하우스 가까운 지점에 내려서 걸어 숙소에 들어가 체크인 하는데 열여덟 시간 정도가 걸린 것이다. 적지 아니한 사람들은 웃겠지만 흔히, 배낭여행자들은 비행기운임을 절약하여 그 돈으로 여러 날을 더 여행하는 것이다.

나는 간단히 샤워부터 하고 잠을 청했다. 내일 아침식사를 하고부터는 양곤 시티투어를 해야 하는데 어디로, 어떻게, 가서 무엇부터 볼 것인가에 대해 생각해 보았다. 사실, 이곳에 오기까지 미얀마 여행 가이드북 두 종을 조목조목 읽었고, 배낭에도 넣어왔다. 책이란 것은 아무리 신간(新刊)이라 해도 그 속에 실린 내용들 가운데에는 현실적 변화를 따라잡지 못한 것들이 많을 뿐만 아니라, 특정 유적이나 문화사적 사실 기술에 있어서도 객관적 신뢰도에 문제가 있을 수밖에 없다. 그래서 나는 여행하면서 현지 고고학회나 박물관 등에서 발행했거나 전문가들이 집필한 책을 구입해 보는 경향이 있는데 앞으로 펼쳐질 여행도 크게 다르지 않을 것이라 생각된다.

어쨌거나, 나는 좁은 침대에 누워 양곤 시내에서 할 일과 볼거리를 떠올려 보다가 나도 모르게 잠이 들었던 것 같다. 아침에 일어나 보니 일본의 한 젊은이가 들어와 있었다. 그런 줄도 모르고 곤히 떨어졌던 것이다. 우리가 잤던 좁은 방은 침대가 4개나 들어있는 소위, 도미토리(dormitory)였다.

쉐다곤 파야(Shwedagon Phaya)에서 만난 붓다(Buddha)

미얀마를 대표하는 상업도시 양곤(Yangon)! 양곤을 대표하는 제1불교사원 쉐다곤 파야(Shwedagon Phaya)! 이 '쉐다곤 파야'라 불리는 불탑(佛塔)과 부대시설들이 미얀마를 대표할 뿐 아니라 양곤의 상징물이라 해도 크게 틀리지 않는다. 그래서인지 적지 아니한 여행자들은 이 쉐다곤 파야부터 찾게 되고, 이 파야(Phaya=Pagoda) 하나를 보면 미얀마 내에 있는 수많은 파야를 다 본 것이나 다름없다고 말하는 경향이 있다.

내가 설레는 마음으로 제일 먼저 방문한 곳도 바로 이 쉐다곤 파야이다. 이 불탑은 '신구타라(Singuttara)'라 불리는 언덕 위에 세워져 있는데, 탑의 높이만 100미터에 육박하고, 탑이 차지하는 밑면적만 6헥타르(㏊)라 한다. 탑의 밑면 지름이 600미터 정도되고, 그 높이가 100미터 정도된다고 보면 크게 틀리지 않는다. 그래서 주변을 살펴보지 않고 탑만 바라보며 한 바퀴 도는 데에도 상당한 시간이 걸린다.

대개 불탑 안으로 들어가는 문(門)과 계단식 통로(通路)가 동서남북 네 곳에 있고, 각 문과 통로가 거의 비슷한 구조로 되어있다. 이 쉐다곤 파야도 마찬가지인데 규모가 워낙 커서 들어가고 나가는 출입문 선택을 잘 해야 하는데 그렇지 않으면 엉뚱하게도 전혀 다른 곳으로 나가게 된다.

보수공사 중인 쉐다곤 파야(Shwedagon Phaya)

나는 동문(東門)을 선택하여 들어갔다. 신발과 양말을 벗어 맡기고 넓따란 계단식 회랑을 따라 한 걸음 한 걸음 떼기 시작했다. 좌우측으로는 온갖 종류의 상품들을 파는 상점들로 울긋불긋 현란하기 그지없었다. 불상·염주 등 불교 용품을 파는 상점들로부터 옷가지 류, 기념품 류, 먹거리, 꽃 등 이루다 말할 수 없는 상품들을 진열해 놓고 판매하고 있었다. 나는 이 계단 길을 오르면서 '사람들이 많이 모이는 불탑 주변으로 커다란 상권(商圈)이 형성되어 있구나.' 생각했다.

무리지어 계단 길을 오르는 사람들 가운데에서 외국인들을 족집게처럼 잘도 골라내어 입장권을 구입하게 하는 '체크 포인트'가 있

쉐다곤 파야(Shwedagon Phaya)에서 기도하는 사람들

다. 그곳에서 일하는 직원들이 얼른 나와 티켓을 끊게 하고 복장을 살핀 다음, 바지나 짧은 치마 입은 사람들에게는 임시로 미얀마 전통의상인 '론지(Longyi)'를 대여해 입으라고 권유한다. 이런 절차를 밟아 사원으로 올라서면 부처상이 나타나고, 그 지점에서 시계방향으로 또는 그 반대방향으로 돌면서 불탑에 딸린 부속건물 안에 안치된 숱한 불상들을 비롯하여 박물관이나 종각 등 일체를 두루 둘러보게 된다. 이들을 다 보려면 서너 시간은 족히 걸릴 것이다.

쉐다곤 파야(Shwedagon Phaya)
공식 리플릿

이 쉐다곤 파야를 제대로 구경하려면 반드시 사전에 공부가 필요해 보인다. 그 규모가 너무나 방대하고, 비슷비슷한 불상들이 많고, 관련 시설들이 계속해서 들어선 탓인지 불탑을 중심으로 한 일종의 복합적인 사원이라 해도 크게 틀리지 않아

입장 허가 스티커

보였다. 물론, 입장권을 끊고 들어올 때에 스티커를 앞가슴에 붙여주고, 영문으로 된 리플릿 한 장씩을 나눠준다.(사진 참조: 사진 속 우측 상단에 붙은 것이 내 앞가슴에 붙여 주었던 스티커인데 2019년 1월 10일에 동문으로 입장했고, 497,605번째 손님이라는 일련번호가 찍혀 있다.)

이 리플릿에 쉐다곤 파야에 대한 전반적인 소개가 되어 있다. 곧, 이 쉐다곤 파야를 짓게 된 직접적인 배경, 탑의 제원(諸元), 그리고 경내에 있는 관련 시설물로서 불탑(佛塔), 불상(佛像), 종(鐘), 각종 쇼룸(The Showrooms), 환전은행 등까지 그 위치를 안내하는 요도(要圖) 등이 포함되어 있다.

내가 이곳을 방문하기 전에 한글판 가이드북 두 종을 철저하게 비교해 가면서 읽었지만 거의 쓸모가 없었다. 쉐다곤 파야를 이해하는데에 객관적인 정보가 적어 별다른 도움이 되지 않았기 때문이다. 솔직히 말해서, 이 파야 안에 어떤 시설들이 들어있는지조차 제대로 파악하지 못하고 들어갔기 때문이고, 그저 구전(口傳)되어 오는 신화(神話)

쉐다곤 파야(Shwedagon Phaya)의 부속 건물들의 일부: 마하보디 템플(Mahabhodi Temple)도 보인다.

같은 꾸며진 얘기에 한눈팔게 했으며, 파야의 첨탑에 동원된 금은보석이 얼마나 되는지 따위에 관심을 두게 했으니 그럴 만도 했다.

나는 나의 어리석음을 자탄하면서 쉐다곤 파야를 중심으로 시계 반대방향으로 한 바퀴 돌아보았다. 역시, 다국적 사람들로 북적였고, 단체로 입장한 관광객을 상대로 가이드의 설명이 그럴 듯했지만 다 쓸모없는 얘기에 지나지 않아 보였다. 나는 북문 쪽 너른 광장 대리석 바닥에 주저앉아 불탑을 바라보며 생각했다. 이것이 다 무엇이란 말인가? 서쪽으로 기울어져 가는 태양이 금박으로 뒤덮인 탑신을 비추어 황금빛이 더욱 반사되어 눈이 부셨지만 잠시뿐이었다.

내 귀에 들려오던 소란스러움도 다 멎어 아무 소리도 들리지 않는 가운데 나는 한 가지 분명한, 어떤 상황 속으로 몰입되어 있었다. 이것은 분명 꿈이라면 꿈이었고, 현실이라면 현실이었다.

붓다께서 성전 안으로 들어가시는데, 성전 안팎에서 장사하는 무리들이 너무 많은 지라 가던 걸음을 멈추고 돌아서서 말씀하시기를, "아직도, 생로병사의 사슬에서 벗어나지 못한 채 허덕이는 중생들이여, 부디, 수행 정진하라. 진리를 깨닫고, 지혜롭게 살며, 서로 용서하고, 자비를 베풀라. 마침내, 썩어 없어질 몸을 위해서 안달복달하지도 마라. 저들에게 지혜를! 저들에게 자비를!" 이라 했다. 붓다의 이 말은 메아리처럼 울려 퍼져 나갔고, 이를 지켜본 사람들은 그저 고개를 갸우뚱거리면서 '혹시, 미친 사람 아니야 … ?' 라고 중얼거리기도 했고, 자신들의 귀를 의심하면서 손가락으로 귀를 후벼 파기도 했다.

붓다는 아무 일이 없었던 것처럼 계속해서 발걸음을 옮겨 엄청나게 큰 황금 탑과 사람 모양의 수많은 형상물들을 군중 속에서 바라보며, "이것들이 다 무엇인가?"라고 물으셨다. 그러자 한 젊은이가 나타나 대답하기를, "이 커다란 황금 탑 안에는 석가모니 부처님 머리카락 두 가닥과 치아사리가 들어 있으며, 그 주변으로는 보다시피 부처님 얼굴 그대로 형상물들을 만들어 놓고, 사람들이 언제든 와서 기도하고, 금박을 붙이고, 다라니를 암송하고, 작은 부처상에는 물을 부어 목욕도 시켜 드리고, 향불도 피우고, 돈도 내고, 꽃도 갖다 바치는, 부처님에 대한 지극정성의 경배가 이루어지는 성스러운 곳입니다"라고 했다. 이 말을 끝까지 다 들은 붓다는 어이없고 기가 막혀서 지그시 눈을 감더니 잠시 고개를 떨구었다.

이윽고, 붓다는 너른 광장 쪽으로 천천히 걸어가시면서 자신의 몸을 오후 햇살을 받는 황금 탑보다 더 휘황찬란하게 바꾸었는데 그 바뀐 모습과 눈을 맞추는 순간 모든 사람들은 저마다 죄를 지은 것처럼 바닥에 엎드려서 고개를 들지 못했다. 그들 가운데 우뚝, 선 붓다를 중심으로 수백수천 명의 사람들이 부지불식간에 엎드려 있는 것이었다. 이를 확인한 붓다는 마침내 입을 열었다. "우매한 중생들이여, 지금 무슨 짓을 하고 있으며, 무엇을 위해서 하루하루를 살고 있는가? 이런 재물이 있으면 살아가는 데에 쓰고, 이런 시간이 있으면 바로 옆 사람에게 관심을 갖고, 나와 다른 그를 이해하려고 노력하며, 그의 잘못을 용서하고, 그에게 자비를 베풀라. 그리하면 너희 세상이 곧 천국이 되리라."

사람들은 여전히 고개를 들지 못한 채 자신도 모르게 눈물을 쏟고 있었다. 그 눈물들이 모여 엎드린 사람들의 손바닥과 팔꿈치와 무릎을 적시고 있었다. 그들이 저마다의 손으로 눈물을 훔치며 고개를 들었을 때에는 눈이 부셔 바라볼 수도 없었던 그 붓다는 사라지고, 옛 모습 그대로 황금 탑과 온갖 불상들이 자리를 지키고 있었다.

이때 동서남북 사방으로 난 출입문 쪽에서는 수많은 군중들이 몰려오며 저마다 소리치고 있었다. "대체, 이곳에서 무슨 일이 있었느냐?, 저 아래에서 보니 이곳, 우리들의 성전이 불타 없어지는 줄 알았다!"라며 두 눈이 휘둥그레져 있었다. 하지만 눈물콧물을 흘리며 넘어지며 소리치는 저들에게 이곳에서 생긴 일에 대해 입을 여는 이가 아무도 없었다.

나는, 이날 놀란 사람들로 뒤죽박죽이 된 쉐다곤 파야에서 조용히 걸어 나와 깐도지(Kandawgyi) 호숫가로 걸어갔다. 생각해 볼 시간이 필요했고, 배가 너무 고팠기 때문이다. '시그니처(signiture)'라는 비교적 깨끗하고 고급스러운 레스토랑에서 저녁식사를 하고 미얀마 맥주까지 한 잔 마셨다. 어둠이 내려앉은 호숫가에서 간간이 살랑살랑 불어오는 바람은 기분을 좋게 했지만 나의 심각한 흥분은 쉽게 가라앉지 않았다. 나는 다시금, 쉐다곤 파야로 올라갔다. 밤 열 시에 문을 닫는다는 사실을 확인하고, 얼마 전에 있었던 일을 ― 아니, '일'이라고 말하기에는 너무나 안이한 것 같고, '사건'이라고 말하는 편이 옳을 것 같다 ― 생각하며 조심조심 올라갔다. 전보다는 사람들이 많지는 않지만 이곳저곳에서 기도하는 사람들은 더 많아 보였다. 어쩌면, 하루 일과를 마치고 이곳에 와서 기도를 하며 내일을 꿈꾸며 기약하는 사람들인지도 모른다. 나는 그들을 바라보며 시계방향으로 한 바퀴 돌면서 과거 부처와 이 불탑과 이곳을 배회하는 나 자신을 떠올려 보았다.

내친김에 양곤의 파야 뒤지기

양곤 시내에는 널리 알려진 파야만도 여러 곳이 있다. 곧, ①차욱 따 지 파야(Chauk Htat Gyi Phaya) ②까바 에 파야(Kabar Aye Phaya) ③술 레 파야(Sule Phaya) ④보타타웅 파야(Botataung Phaya) ⑤로카 찬타 파야 (Lawka Chanthar Phaya) 등이 그들이다. 물론, 이들 외에도 더 있지만 내 가 이틀 동안에 걸쳐 직접 두 발로써 걸어 들어가 보았던 곳들이다. 어떤 곳은 부처의 머리카락 사리를 모셨다고 자랑하고, 어떤 곳은 사리불과 목련존자의 진신사리를 모셨다고 자랑하기도 한다. 또한, 어떤 곳은 좌불(坐佛)이고, 어떤 곳은 큰 와불(臥佛)이라고 자랑한다. 그 런가 하면, 어떤 곳은 불상을 옥(玉)으로 만들었다 자랑하며, 어떤 곳 은 그것이 오래되었다고 자랑하기도 한다. 그야말로 자랑하는 요소 들도 가지각색이다.

내가 이들을 돌아보며 생소하게 느꼈던 점은, ①부처의 머리카락 [佛髮]이든 치아(齒牙)이든 그것이 그렇게 중요하며, ②태어난 요일(曜日) 과 별자리와 불탑(佛塔)으로 들어가는 출입문의 방향 등이 무슨 놈의

미얀마 내 와불(臥佛)이란 와불에는 이런 발바닥 문양이 새겨져 있다.

상관관계가 있으며, ③부처의 발바닥을 70개의 격자형 칸으로 구획하여 108가지의 의미를 부여하고, 그것으로써 부처가 말한, 모호한 삼계(三界: 욕계·색계·무색계)를 형상화함으로써 부처의 위상을 드러내었다는 점이다. 그런데 내 눈에는 ①과 ②는 다분히 원시 샤머니즘적인 요소로 비추어지며, ③은 불경 속의 내용을 애써 꿰어 맞추려는 듯한 작위(作爲)로 비추어진다. 특히, 불경(佛經)을 면밀히 읽어본 사람들은 부처가 말한 삼계(三界)에 대해 어떻게 이해했는지 모르겠지만 그에 대한 설명부터가 모호하고, 부처 발바닥에 구획된

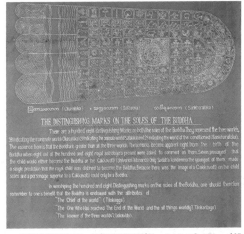

미얀마 양곤에 있는 차욱 따 지 파야(Chauk Htat Gyi Phaya)에 설치된 발바닥 문양에 대한 설명문

70개의 네모 속에 그려진 그림들이 어떻게 해서 그 삼계를 표현했다고 인정되며, 그 결과 부처가 ①세상의 우두머리이고, ②세상의 끝과 세상의 모든 것들에 도달한 유일한 분이며, ③부처만이 삼계를 다 아는 분이라고 표현되었다고 인정하는지 모르겠다. 위 사진에서 보는 것처럼, 부처 발바닥에는 동물(암소·송아지·공작·꿩·거위·영양·사자·호랑이·코끼리 등)과 식물(꽃·수련·연꽃 등)과 도구(창·우산·방패·컵·주전자·침대·그릇·배·칼·부채 등)와 천체(해·달·기타 행성 등)와 지구상의 자연적 요소들(산·섬·바다·대양 등)과 신(神 : 데바·브라흐마 등) 등이 그려져 있는데 이들이 어떤 기준에서 분류되고, 어떻게 삼계를 형상화했다고 말하는지, 학식이 부족한 나로서는 도무지 이해할 수가 없었다.

아무튼, 미얀마 내에 있는 모든 와불에는 부처의 발바닥마다 똑같은 모양새의 그림들이 그려져 있는데 이들에게 아무리 상징적인

의미를 부여했다 하더라도 여전히 모호하기 짝이 없는, 너무나 현학적으로 변해버린 불교계의 관념세계를 의식하지 않을 수 없다. 세상 사람들이 이를 충분히 이해하고 부처를 더욱 공경하는지는 모르겠지만 이것을 이해하는 일보다 부처가 우리 인간에게 요구하고 바라는 바 자비심을 내고, 그것으로써 이웃들에게 물심양면으로 사랑을 베풀며 살아가는 '실천(實踐)'이 더욱 요긴하다고 본다. 지식은 지식으로서 존재하는 것일 뿐 실재하는 삶과, 사람과 사람 사이의 관계에서는 그다지 중요한 것이 아님을 내 나이 60을 넘어서 절실하게 느낀 바 있기에 감히 말해 두는 것이다. 이 점은 분명 이번 미얀마 여행 중에도 얼마든지 검증·확인될 수 있는 부분이라고 생각한다. 아마도, 관련 내용과 상황이 이 여행기 안에서 기술되지 않을까 싶다.

미얀마 바고에 있는 나웅 도 지 먀 탈라웅(Naung Daw Gyi Mya Thalyaung) 와불

양곤에서 미약-우(Mrauk-U)로
장거리버스 타고 가기

6시 30분, 비교적 이른 시간에 게스트 하우스 내에 있는 레스토랑에서 간단한 아침식사를 서둘러 하고, 나는 곧바로 택시를 타고서 아웅 밍갈라(Aung Mingalar) 버스터미널로 갔다. 9시 정각에 미약-우로 출발하는, 예약된 장거리 버스를 타기 위해서였다.

시내에는 버스터미널이 세 곳이나 있고, 가는 지방 도시들이 어느 쪽에 있느냐에 따라서 버스 타는 터미널이 다르기 때문에 내가 가고자 하는 곳으로 가는 버스를 어디서 타야 하는지 먼저 분명하게 알아야 하고, 또한 버스터미널이 복잡하기 때문에 도착해서도 물어물어 찾아가야 하는 불편이 따른다. 우리나라처럼 터미널 안에 설치된 종합게시판에 모든 버스시간표가 나오고 지명이 뜨면 괜찮은데 그렇지 않고 버스회사마다 다닥다닥 붙어서 독립적으로 운영되기 때문에 가는 도시와 시간과 차종이 다르며, 티켓을 발매한 해당 버스회사로 찾아가서 해당 버스를 타야 하기 때문에 티켓을 보여주며 묻지 않고는 찾아갈 수가 없다. 그래서 여행자들 대개는 숙소에서 약간의 수수료를 더 내고 표를 끊으면 픽업해서 해당 터미널까지 태워 다 주는데 현지어를 모른다면 이런 방편을 택하는 것이 지혜롭다는 생각이 든다.

나는 숙소 앞에서 9,200짯(짯 : 미얀마 화폐 단위. 1짯=0.74원)에 택시를 타고 아웅 밍갈라 터미널로 갔다. 버스 출발 40분 전에 도착하여 작고 깨끗하지 못한 대합실에서 기다렸다. 나처럼 버스가 오기를 기다리는 사람들을 상대로 여러 가지 물건들을 파는 사람들이 손으로 상품을 들어 보이며 소리치는 모습을 흔하게 볼 수 있다. 그런가 하면 가방을 지키며 서있는 내게 어린 비구니 복장을 한 소녀가 다가와 손을 내민다. 대개, 이곳 사람들은 관대하게 보시하듯 푼돈을 주기 때문에 나도 스스럼없이 지갑에서 작은 돈을 꺼내 주었다. 비구니 복장을 한 어린 스님이 이방인인 내게 구걸을 한다? 나는 고개를 갸우뚱거리며 일단 웃어 넘겼다. 하지만 이곳 미얀마의 수행승들이 어떤 계율과 어떤 생활규정을 지키며 사는지 궁금해졌다.

9시 20분, 책상 하나에 딸린 의자에 앉아서 티켓을 파는 여사원이 버스가 들어왔다며 손으로 가리키며 타라고 한다. 현지인들은 이미 버스 트렁크에 짐을 싣고 오르고 있었다. 나도 캐리어를 버스 트렁크 한쪽 벽면에 안전하게 붙여 넣는 것을 확인하고 승차하여 지정된 자리에 앉았다. 이윽고 버스 안의 조수 겸 승무원이 승객들에게 일회용 치약 칫솔과 물 한 병씩을 나누어 줬다. 그리고 좌석마다 담요 한 장씩이 등받이에 가지런히 얹히어 있었고, 버스 안 앞쪽에 설치된 TV모니터에서는 어느 스님의 법문(法門)이 현지어로 중계되고 있

양곤에서 믹약-우(Mrauk-U)로 가는 장거리 버스 안의 앞 모니터에서 시작되는 스님의 법문

렘로(Lemro) 강을 건너기 전에 도로가에 주차된 버스행렬과 쓰레기들

었고, 머리 위쪽에서는 에어컨이 작동되고 있었다. 9시 25분이 되자, 버스는 서서히 움직이기 시작했다.

버스는 약 2시간마다 한 번씩 휴게소에 정차함으로써 소변을 보게 하고, 점심과 저녁 시간에는 휴게소 내에 있는 식당에서 식사를 할 수 있도록 시간을 주었다. 버스가 휴게소에 도착하여 정차할 때마다 안내원은 현지어로 설명하지만 알아들을 수 없었기에 차에서 내리게 되면 의례히 출발시간을 재확인하곤 해야 했다. 그렇게 나도 화장실을 이용하고, 휴게소에서 점심과 저녁식사를 놓치지 않고 먹었다. 물론, 이동 중에 검문도 여러 차례 받았다. 나도 버스에서 내려 여권을 보이며 앞으로 걸어 나가 다시 버스에 올라타기를 한밤중에도 두 번이나 했다.

양곤에서 먀-우까지는 대략 860여 킬로미터이다. 우리 같으면
아홉에서 열 시간 정도 걸리는 것으로 판단하면 크게 틀리지 않지
만 이곳 미얀마는 도로 포장상태나 차량의 조건이 열악하기 때문에
시속 50킬로미터 미만으로 계산해야만 한다. 그렇다면, 약 열일곱
시간이 넘게 걸린다. 게다가, 양곤에서 먀-우로 가려면 라카인주
(Rakhine State) 남북으로 길게 뻗은 산맥 하나를 동에서 서로 넘어가야
만 한다. 이날 실제로 먀-우 숙소까지는 스물다섯 시간이 넘게 걸
렸다. 가장 큰 이유는 렘로(Lemro) 강에 현수교가 하나가 있었는데 그
다리에 문제가 생겨 건너가지 못하고, 배가 와서 버스를 싣고 건네
주어야 하는 과정을 거쳐야 했기 때문이다. 버스들은 도착하는 대로
길가에 쭉 늘어서 있고, 해가 뜨는 시간에 맞추어 이 작업이 시작되
기에 늦어진 것이다. 이런 정보가 어디에도 없었기에 나는 꼼짝없이
버스 안에 갇혀 있어야만 했다.

내가 탄 버스도, 해가 뜨기 전 4시 20분경에 현지에 도착했는데
오는 순서대로 주차되었다. 여기서 약 4시간가량 기다려야만 했다.
이때 대다수 사람들은 내려서 양치질을 하고, 바깥 공기를 마시며,
차량 주변을 서성거렸다. 시간이 급한 사람들은 미리 와서 대기하고
있던 소형차(1톤 미만의 작은 트럭이나 오토바이를 개조하여 만든 뚝뚝이 등)를 타고
다리를 건너가는 이도 눈에 띄었다. 하지만 나는 별 도리 없이 버스
에서 내려서 길가 나무 밑에서 급한 소변부터 보고, 물병의 물로써
대충 입안을 헹구고, 물티슈로 얼굴을 닦고, 주변 상황 전개를 살핀
다음, 다시 버스에 올라타 담요를 뒤집어쓰고 버스가 출발하기를 기

다렸다.

강을 건너는 다리가 안전 상 위험해져서 버스나 트럭이 건널 수 없게 되었으면 하루빨리 보수를 하든가 새로운 다리를 놓아야 하는데 방치해 놓고 배로 이들을 일일이 실어 나르는 상황이 계속되고 있다니 슬픈 일이 아닐 수 없었다. 물론, 국가나 주 정부의 예산이 확보되지 않아서 그렇겠지만 이는 몸이 아픈데 돈이 없어 당장 병원에 가지 못하는 것과 별반 다르지 않다는 생각이 들었다. 하긴, 양곤 시에서도 보았고, 이곳에서도 볼 수 있지만 시내버스와 장거리 버스들이 우리나라를 비롯하여 중국 등 주변국에서 수입한 중고차들이고, 양곤 순환열차도 일본에서 수입한 열차이고 보면 이 나라의 재정 상태가 어떠한지 짐작되고 남음이 있으리라 본다.

어쨌든, 버스는, 1431년~1785년까지(조선 세종13~정조9년에 해당함) 과거에 화려했던 미얀-우 왕조의 왕도(王都)로 들어섰고, 나는 예약된 게스트 하우스에 체크인할 수 있었다.

'믜약-우' 문화유산지역에서
무엇을 보아야 하는가?

　나는 어렵게 '믜약-우(Mrauk-u)'라고 하는 한적한, 옛 왕도에 도착해 있다. 우선, 게스트 하우스에서 샤워부터 하고, 옷을 갈아입고, '금강산도 식후경'이라 했듯이 허기부터 면해야 했다. 그래서 여행 가이드북에 소개된 한 식당으로 걸어갔다. 그 식당이 바로 버스에서 내린 곳에 있기에 걸어서 10분이면 도착할 수 있는 곳이었다.

　미얀마에서 가장 손쉽게 먹을 수 있는 식사가 볶음밥이다. 그것에 닭고기를 넣느냐 돼지고기를 넣느냐에 따라 그 맛이 조금 다를 뿐이다. 이 볶음밥 한 그릇으로 부족하다 싶으면 야채샐러드나 수프 한 그릇을 추가로 시키면 충분하다. 나는 어렸을 때부터 국물과 함께 밥을 먹는, 좋지 않은(?) 습관이 몸에 배어 늘 국물이 있는 것을 시켜야만 한다. 국수를 먹어도 비빔면보다는 시원한 국물이 있는 것을 주문하고, 밥을 먹을 때에는 수프를 곁들여 먹곤 했다.

　나는 천천히 점심식사를 하면서 뚝뚝이(오토바이를 개조하여 2~3명 정도가

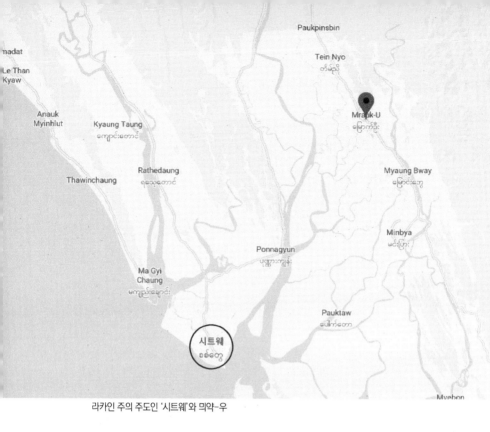

라카인 주의 주도인 '시트웨'와 미약-우

탈 수 있도록 만든 운송수단으로 이곳에서는 택시에 해당한다) 운전기사에게 부탁해 오후 일정을 소화해야 한다고 생각하면서 내가 볼 곳들과 이곳 미약-우에 대한 기본 정보들을 머릿속으로 정리해 보았다.

『A Brief Presentation of Cultural Heritage Sites in Rakhine State』라는 미얀마 라카인 주의 문화유산에 대한 간단한 보고서에 따르면, 라카인 주는 미얀마 서쪽에 자리하되, 남북으로 길게 뻗어 있는데, 동쪽으로는 요마산맥(Yoma Mountain Ranges)이 남북으로 길게 뻗어있고, 서쪽으로는 벵골만(The Bay of Bengal)이 있다. 현재 주도(州都)는 칼라단(Kaladan) 강어귀에 위치한 항구도시 시트웨(Sittwe)이고, 그곳으로부터 약 150킬로미터 정도 떨어져 있는 곳이 바로 내가 와 있는 믜약-우이다.

　이곳 믜약-우가 속해 있는 라카인 주의 역사는, 미얀마 본토와
는 다르게 (1)단야와디 시기(Dhanyawadi period) (2)웨타리(바살리) 시
기[Wethali(Vesali) period] (3)렘요 시기(Lemyo period) (4)믜약-우 시기
(Mrauk-U period)로 구분되며, 믜약-우 유산지역을 방문한다는 것은
믜약-우 왕조시기(1430~1784)에 건설된 불교 사원들과 왕궁 터와 관
련 유적들을 보기 위함이라고 말해도 크게 틀리지는 않는다.

　그렇다면, 내가 휴대한 여행 가이드북에서 소개하고 있는, 그
말들도 이상한 ①싯 따웅 사원(Sit taung Temple) ②꼬 따웅 파야(Koe
Thaung Phaya) ③툭 칸 데인 사원(Htuk Kart Yhein Temple) ④안도 떼인 사
원(Andaw Thein Temple) ⑤래 몃 나 사원(Lay Mye Thna Temple) ⑥라타나폰

파야(Ratanapon Phaya) 등과, 기
타 ⑦왕궁터와 고고학박물관
(Mrauk-U Archaeological Museum)
⑧디스커버리 힐(Discovery Hill)
에서 일몰을 감상하는 정도가
될 것이다. 사실, 이 정도만
제대로 구경해도 일반 여행
자로서는 충분하다고 생각된
다. 물론, 불교사원과 이곳의
역사에 대해 깊은 관심을 갖
고서 연구하는 자세로 들여다

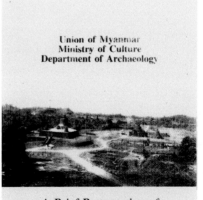

Union of Myanmar
Ministry of Culture
Department of Archaeology

A Brief Presentation of
Cultural Heritage Sites in
Rakhine State

미얀마 라카인 주의 문화유산에 대한 간단한 보고서

디스커버리 힐(Discovery Hill)에서 본 해 지는 모습

보기로 하면 한도 끝도 없을 뿐 아니라 이곳 므약-우 주변에 산재해 있는 약 46곳에 달하는 불교 유적들(Historic Buddhist Monuments)과 왕궁 터와 그와 관련된 해자(垓字)와 성(城)들을 두루두루 찾아다니며 면밀히 살펴봐야 할 것이다. 특히, '아난다캔드라 돌 비문(Anandacandra Stone Inscription)'이 얼마나 해독되었는지, 해독되었다면 그 내용과 실물에 관심을 갖고 찾아 봐야 할 것이다. 이 지역의 기원전 8세기부터 기원후 8세기까지의 역사적 증거물로 인정되고 있는 매우 중요한 유물이기 때문이다.

따라서 나는 뚝뚝이를 타고서 널리 알려진, 위에서 열거한 곳들만이라도 둘러보겠다는 목표의식을 갖고 어둠이 내릴 때까지 다리가 아프도록 쏘다녔다. 사실, 이때까지만 해도 이곳이 전성기 때에, 그러니까, 민 바 지(Min Bar Gyi) 왕 재위(1531~1553) 시기에 포르투갈과 네덜란드 사람들에게 개방하였고, 무역을 했으며, 당시 암스테르담(Amsterdam)이나 런던(London)처럼 부유하고 번창한 동남아시아의 항구도시였다는 사실을 모르고 있었다. 므약우 고고학 박물관(Mrauk-U Archaeological Museum)에 먼저 들어가 보았더라면 보다 생동감 있게 이곳을 상상하며 여행했으련만 그러지 못해 여간 아쉬운 게 아니다.

므약-우의 뚝뚝이

솔직히 말하자면, 그저 1400년대에서 1600년대에 지어진 크고 작은 불교 사원들만 들락거리면서 '우리와는 참 많이 다르구나' 하는 정도와, 그 다름의 핵심적 사실 몇 가지에 집착한 채 당시 정치·경제·사회적 상황을 종합적으로 고려하지 못했던 것이다.

여행을 할 때마다 '내가 아는 것이 별로 없다'는 사실을 절감하면서 나는 일몰시간에 맞추어 '디스커버리 힐(Discovery Hill)'로 올라갔다. 누가 디스커버리 힐이라고 이름을 붙였는지는 모르겠지만 사진 몇 장을 전시해 놓고 있는 작은 갤러리가 있는 가정집 대문 안으로 들어서면 우측으로 올라가는 길이 보이고, 그 길을 따라 조금만 올라가면 노인양반이 나타나 미소를 지으며 영수증 없는 1인당 500짯의 입장료를 요구한다. 그곳으로부터 대략 250미터 정도 더 올라가면 낮은 산 능선이 나오는데 그 능선 상에 벤치 몇 개를 만들어 놓았고, 그곳에 앉아서 내려다보면 울창한 나무들이 우거진 아랫마을에 사람들이 사는 나지막한 집들의 지붕이 언뜻언뜻 보이고, 그 너머로 검은 깔때기나 종(鐘)을 뒤집어 놓은 듯한 불탑들이 군데군데 서 있는, 낯설지만 아주 한가롭고 고즈넉한 풍경이 한눈에 들어온다. 미얀마 여행 가이드북에서 많이 본 풍경사진도 바로 이곳에서 촬영된 것임을 금세 알아차릴 수 있다.

그 벤치에 앉아 서서히 저물어가는 붉은 해를 바라보노라니 무성한 나무들에 가려서 잘 보이지 않는 민가(民家)에서 저녁밥을 짓는지 연기가 곳곳에서 피어오르고, 그것들이 점점 옆으로 퍼져 안개처럼 그 지역 일대를 뒤덮어 가고 있다. 서녁하늘은 붉고, 숲속에서는 안개가 피어오르듯이 번지어 가고, 불탑들이 우뚝우뚝 솟아있는 풍경을 바라보노라니 옛 신라시대 경주쯤에 와 있다는 착각을 불러일으

디스커버리 힐(Discovery Hill)에서 내려다 본 풍경

킨다. 신라 경주의 전성기에는 집집마다 밥을 짓느라 아궁이에 불을 때면 꼭 이런 풍경이지 않았을까 싶은 생각이 들었기 때문이다. 누구는 '몽환적'이라는 단어를 써서 이곳의 분위기를 표현했지만 내 눈에는 그저 순박한 사람들이 모여 살며 자신들의 믿음의 한 가운데에 부처님을 모시고 큰 욕심 없이 평화롭게 살아가는 시골 마을에 드리워진 여명임에 틀림없어 보이는데, 어디선가 닭이 울거나 개가 짖는 소리가 들려올 것 같은 분위기였다.

6

수많은 검은 불탑들과 부처상을 바라보며

붉고 검은 빛깔의 작은 벽돌로써 촘촘히 쌓아올린, 그 밑 부분은 사각형 또는 팔각형이지만 위로 올라갈수록 원뿔모양으로 변형되어 그 끝이 뾰족한 탑신 위로 금은붙이 우산 모양으로 장식된 불탑들이 여기저기 곳곳에 솟아있다. 물론, 사람들이 탑돌이를 하면서 볼 수 있는 눈높이에 일정한 간격으로 테라스처럼 홈이 파있어 그 안에 작은 불상들이 모셔져 있다. 이런 불탑 가운데 가장 큰 것을 한 가운데에 위치시키고, 작은 것들을 그 주위로 여덟 개 혹은 열여섯 개를 포진(布陳)시키기도 했다. 또 그런가 하면, 원뿔형 종(鐘)을 크기순으로 포개어 쌓아올린 듯한 모양의 탑들을 부처상 대신에 중앙 불탑 주변으로, 그러니까 사면에 수없이 진열해 놓은 곳도 있다. 또, 어떤 곳은 반듯하게 자른 듯한 큰 돌 벽돌로써 성을 쌓듯이, 한 가운데에 높게 위치한 부처상으로 나아갈 수 있도록 동서남북 네 개의 통로를 만들고, 어디서 올라오든 정면에서 부처상을 바라볼 수 있도록 네 부처상을 안치시켜 놓고, 그보다 조금 더 높은 곳에 유일한 부처상을 모신 사원도 있다. 물론, 이런 구조물에 지붕이 있는 곳도 있고

↑ 코타웅 사원(Koe Thaung Temple) 외곽 한쪽 사면 모습

싯타웅 사원(Shitthaung Temple) 내부

없는 곳도 있다. 그리고 바깥 네 통로를 통해서 들어오면 제일 바깥 회랑이 사면으로 통하도록 서로 연결되어 있고, 그 안쪽으로 들어서면 또 다른 회랑이 사면으로 통하도록 이중으로 되어 있는 곳도 있다. 물론, 회랑(내부 통로) 양쪽으로는 수많은 불상들이 진열되어 있고, 바깥 벽면에도 가부좌를 틀고 앉아 명상하는 불상들이 양각되어 있기도 하다. 어쨌든, 이들은 모두 한 중앙에 모셔져 있는 부처상으로 나아가는 길목에서 대면하게 되는 부처 관련 사연들이 담긴 일종의 아이콘과 같은 것들이다.

나는 이런 불탑과 불상들을 수없이 바라보면서 공연한 상상을 하곤 했다. 왜, 이 지역을 다스렸던 왕들은 경쟁을 하듯이 앞 다투어 사원과 불탑들을 조성하고, 그것들에 각별한 의미를 부여해 왔을까? 전쟁에서 적을 물리쳤다고 짓고, 무엇 무엇을 했다고 짓고 지으면서 얼마나 많은 사람들의 노동력이 동원되었으며, 이곳에 살던 백성들은 이들 사원과 불탑 앞으로 나아가 경배 드리면서 무슨 생각들을 했을까? 정말이지, 명상을 하는 부처상들이 사원 안팎으로 수없이 조성되어 있는데 과연 이곳을 통치하던 왕들과 백성들도 자신들이 존숭하던 부처처럼 명상을 하며 지혜를 깨달으려 노력을 했던 것일까? 과연, 부처가 중생들에게 요구한 자비심을 내어서 생명이 있는 이웃을 보살피며 배려해주는 삶을 살았을까? 부처님의 가르침대로 온갖 계율을 지키고 살았다면 그들의 일상은 어떠했으며, 그들의 얼굴에는 어떤 미소가 번졌을까?

누구는 팔만사천 불상을 조성하고, 누구는 구만 불상을 조성하고,

누구는 웅장한 대탑을 세우고, 또 누구는 작은 불탑들을 여럿 세우기도 했는데, 또 누구는 자신의 얼굴을 부처상처럼 조성해 사원 안으로 살짝 끼워 넣으면서 그것들에 경배하라는 삶을 살았을진대 과연, 그들이 생각하는 부처는 어떤 존재였을까? 여간 궁금하지 않을 수 없다.

한 때는 분명한 통치수단이었고, 만백성의 현실적인 고통을 덜어주거나 다음 생을 희망적으로 보장해 주리라 믿었던, 전지전능한, 그러나 한사코 말이 없는 신(神)이었음에 틀림없었을진대 사람들이 떠난 지금은 사원 돌부처 머리 꼭대기에서부터 불탑과 벽면과 바닥에 이르기까지 녹색의 이끼류 풀들이 무성하게 자라나면 우기(雨期)이고, 그것들이 다 말라비틀어진 채 붙어 있으면 건기(乾期)임을 알려줄 뿐이다. 마치, 인디아의 엘로라 석굴과 아잔타 석굴 등에 안치된 부처나 여러 신상(神像) 머리와 어깨 위로 박쥐들의 배설물이 쌓여 있듯이 쓸쓸하기는 마찬가지이다. 사람들이 믿었던 절대 신(神)이라는 기둥도 무너지고, 지금은 한낱 야외 박물관에 지나지 않으니 그대 말마따나 모든 것이 다 부질없구려.

7

믜약-우에서 버간(Bagan)으로
장거리버스 타고 가기

믜약-우에서 오전 8시 40분 발 버스를 타고 버간으로 가는데 버간까지 가지 않고 짜욱빠다웅(Kyaukpadaung)에서 내려 버스가 있다면 버스를 타고, 없다면 택시를 타고 가야 하는 험한 여정이 기다린다. 내가 탄 버스는 만달레이로 가는 차였기에 버간 터미널을 경유하지 않기 때문이다.

나는 8시 40분에 정확히 승차 완료했고, 버스는 믜약-우 시내를 빠져나가 그 문제의 넴로 강 쪽으로 갔다. 이곳으로 들어올 때처럼 넴로 강을 건너는 현수교는 외견상으로 약 300~350미터 정도되어

넴로 강의 현수교

해발고도 1,500m가 넘는 산맥을 넘어가는 버스 안에서 본 바깥 풍경

보이는데 통행제한으로 버스들을 배로 실어 나르는 상황이 재현되었다. 하지만 이곳으로 들어올 때처럼 거꾸로 나가려니 낮 시간인지라 비교적 대기시간이 짧았다. 올 때 보았던 한글 간판이 그대로 남아있는 버스들도 여럿 눈에 띄었다.

마침내 내가 탄 버스도 배에 실려 피안에 도착, 시동을 걸고 육지로 올라서야 하는데 배위에서 먼저 나간 앞바퀴가 구르는 곳이 너무 많이 패였던지라 앞으로 더 이상 나가지 못한 채 뒤뚱거리다 서고 만다. 키가 작은 검은 피부의 인부들이 삽과 나무기둥들을 들고 패인자리에 놓는 공사가 시작되고, 이윽고 다시 버스는 용을 쓰듯 가까스로 배위에서 육지로 올라섰다.

검문소와 붙어 있는 간이상점들

　도로포장상태도 좋지 않아 시속 60킬로미터 이하로 달려야 하는데, 또 요마산맥(Yoma Mountain Ranges) 하나를 넘어가야 하고, 버스 자체도 낡았으며, 주(州)마다 들어가고 나갈 때마다 체크포인트에서 검문검색까지 받아야 한다. 그 때마다 모두 내려서 걸어 나가야 하고, 조수가 버스 안에서 미리 걷어간 신분증과 여권을 되돌려 받는 절차를 밟기 때문에 시간이 걸린다. 뿐만 아니라, 올 때처럼 두 시간마다 한 번씩 쉬는 시간을 주었으며, 때가 되면 점심과 저녁식사를 할 수 있도록 시간까지 배려해 주었다.

　오후 6시경에는, 해발고도 1,500미터가 넘는 산맥을 넘느라 버스는 용을 쓰는데 덕분에 차창 밖으로 산의 능선과 골짜기와 산 아래

믹약-우에서 버간으로 버스를 타고 가면서 본 요마산맥

풍경을 내다볼 수 있었다. 우리 북한산의 최고봉인 백운대가 해발고
도 837미터이니 약 그 두 배 높이의 산길을 저 밑에서부터, 그러니
까 해발고도 50미터도 안 되는 곳에서부터 온전히 넘어가는 험로였
던 것이다.

여러 대의 버스들이 주차되어 있는 검문소가 있는 곳에는 의례히
상점들도 늘어서 있는데 나도 검문을 받기 위해서 버스에서 내리고
내 이름을 부를 때까지 기다려야만 한다. 이름을 부르면 걸어 나가
게 되는데 그 때에 여권을 되돌려 받는다. 이때에 소변도 보고, 배가
고프면 간식거리라도 사 먹어야 한다. 나도 원숭이바나나 한 줄기에
500짯을 주고 사 나눠 먹기도 했다.

차창 밖으로 보는 황혼

　이렇게 약 15시간 만에 하차 지점인 짜욱빠다웅(Kyaukpadaung)에서 무사히 내렸고, 내리자마자 상점의 한 여인이 나타나 어디를 가느냐고 물어 버간에 간다고 했더니 이 자리에서 버스를 타라며 무조건 5,000짯을 내라는 것이다. 보아하니 호객하는 택시기사도 없고 잘못하면 오도 가도 못할 것 같아 5,000짯을 내고 기다렸다. 티켓도 주지 않는 비공식적인 버스 영업을 하는 것 같다는 생각이 들었지만 어쩔 수 없는 상황이었다.

　이윽고 버간에 간다는 미니버스가 왔다. 정말이지, 지저분하기 짝이 없었다. 배낭은 버스 지붕 위로 실리고 나는 뒷자리 구석에 간신히 끼여 앉았다. 미니버스 기사는 아주 급하게 몰아쳤다. 그는 버간 버스터미널이 아닌 그 인근에 내려주었다. 그곳에서 예약된 게스트하우스가 있는 냥-우(Nyaung-u)까지는 약 10여 킬로미터 정도 떨어져 있는데 별 수 없이 또 택시를 탈 수밖에 없는 상황이었다. 내가 내리자 택시기사는 1인 3,000짯 씩을 요구했다. 그는 영업용 택시기사가 아니었다. 개인차로 뛰는 사람이었다. 새벽 1시가 넘었으니 부르는 게 값이란 생각이 들었다. 이런 상황에서는 흥정해도 소용없다. 그저 좋은 인상으로 젊잖게 말하고 그의 친절이나 착한 마음을 이끌어내는 것이 지혜롭다. 이게 다 먹고 살기 위해서 아둥바둥 저마다 머리를 굴리며 살아가는 사바세계이니까 말이다.

어쨌든, 나는 그의 차를 타고 예약된 게스트하우스 정문에 도착했지만, 대문은 굳게 닫혀있었고, 그 사람이 주인을 불러도 기척이 없자 초인종을 찾아 눌러 주어서야 비로소 주인이 걸어 나왔다. 한밤중인데다가 다들 잠들어있는 마당에 귀찮다는 듯이 1층으로 안내했다. 그냥 자고 아침에 일어나 얘기하자는 투였다. 나는 그저 양치질과 세수만을 하고서 자리에 누워 자기에 급급했다. 정확히 1시 50분이었다. 그러니까, 믜약-우에서 짜욱빠다웅까지 442킬로미터와 짜욱빠다웅에서 냥-우까지 45킬로미터를 버스에서 내려 미니버스와 승용차로 갈아타고 약 16시간 만에 온 것이다. 그러니까, 487킬로미터를 평균 시속 약 30킬로미터로 달려온 셈이다. '여행도 수행이다'라고 내가 이미 책으로써 말했었는데 그 수행의 방법 치고는 고행(苦行)에 가까운 것이었다.

많은 것을 생각게 하는
낯선 스카이라인의 올드 버간(Old Bagan)

내가 서있는 여기는 어디인가? 분명한 사실은 미얀마 옛 버간 (Bagan) 왕조(1044~1369:고려 정종10~공민10) 때에 지어진 불탑과 사원들이 산재되어 있는 버간 평원이라는 점이다. 나는 이 평원에 아침 해가 솟아오르기 전 언덕에 올라 멀리 내려다보고 있다.

동녘하늘에서는 점점 여명이 밝아오고, 지상에는 초목들과 크고 작은 불탑들과 사원들의 첨탑(尖塔)이 원근각처에 수없이 솟아있고,

그들 사이사이로 아침안개가 드리워져 있다. 이들이 어울리어 그려 내는 스카이라인은 내 어디에서도 보지 못한 것으로 이채롭기 짝이 없다. 마치, 타임머신을 타고 천 년 전쯤으로 와 낯선 풍경을 바라보고 있는 것만 같다. 낮에는 스님들의 설법을 듣느라 사원 앞에 사람들이 줄지어 앉아있기도 하고, 아낙네들이 나무 그늘 밑에 앉아 대바구니나 채반을 짜고, 또 다른 곳에서는 디딜방아로 쌀을 비롯하여 곡식들을 찧고, 다른 한쪽에서는 목판에 문양과 문자를 조각하느라 정신이 팔려있으며, 다른 한 곳에서는 스님의 지도를 받으며 석판에 경전을 새기는 수작업이 한창이다. 그런가 하면, 또 다른 곳에서는 커다란 가마솥을 걸어 놓고 사탕수수 즙을 고아서 흑설탕을 만들고, 옷감에 물을 들이는 등 무언가 생산적인 활동을 하느라 열심히 움직이는 사람들로 북적일 것이다. 그런가 하면, 그들 틈에서 서너 마리의 암탉과 수탉이 병아리들과 함께 모이를 쪼고, 개들은 한가롭게 누워있으며, 너른 광장에서는 악기를 연주하며 춤을 추는 사람들이 눈앞에 그려진다.

하지만 지금 그들은 아직 일어나지 않았는지 보이질 않고, 그런 그들의 삶의 터전이었던 무대만 고스란히 남아 이른 아침 적막에 싸여 있다. 이곳에서 매일매일 벌어지는 시끌벅쩍지근한 사람 살아가는 소리들이 끊기고, 천년의 세월이 흐르는 동안 몇 차례의 지진으로 불탑과 사원들에 균열이 가고, 더러는 통째로 기울어지고, 일부는 탑두가 무너져 내리고, 극히 일부는 완전 붕괴된 것들도 있다. 이미 보수가 끝난 사원도 있고, 보수공사중인 사원도 곳곳에서 눈에 띈다. 문이 굳게 닫힌 곳도 있고, 개방된 곳도 있지만 사람들의 발길

옛 버간 왕조 시기(1044~1369)의 생활상을 엿보게 하는, 박물관에 걸린 그림들

버간 초원의 풀숲에 가려진 옛 사원들

이 끊긴 크고 작은 사원들이 널려 있지만 아직도 왕래가 잦은, 살아 있는 사원들도 있다. 지금 어디에 내놓아도 비까번쩍한 것들이다. 천 년 전 우리가 우리 땅에 지었던 사원과 나란히 놓고 본다면 이들이 얼마나 경제적으로 여유로웠으며, 건축학적 기술이나 부처에 대한 신심(信心)이나 탐구욕이 컸는지를 미루어 짐작할 수 있을 것이다.

어쨌든, 이들의 수많은 불탑과 사원들의 첨탑이 너른 초원에 초목들과 어우러져 만들어내는 스카이라인을 바라보노라면, 특히 붉은 태양이 솟아오르면서 밤새 드리워졌던 아침 안개를 서서히 거두어가는 모습을 바라보노라면 신비한 느낌마저 든다. 저 첨탑 하나가 만백성의 꿈이고 염원이 담긴 침묵이라면 나는 이제부터 그들의 마

텃밭도 있고, 키큰 야자수도 있고, 뾰죽뾰죽 솟은 불탑의 스카이 라인이 아름답다.

음 가운데로 들어가 보고 싶다. 어쩌면, 수많은 외국인들이, 그야말로 다국적 인파가 몰려와 불탑 위로, 언덕 위로 올라가 사방에서 카메라 셔터를 눌러대는 이유도 다 이 신비로운 광경을 담으려고, 아니면, 가슴으로 느껴보려는 것이 아닐까 싶은 생각이 들었다.

9

누가 언제 무엇 때문에
이런 불탑들을 조성했을까?

    그렇다면, 누가 언제 무슨 목적으로 이 많고 많은 불탑과 사원들을 조성했을까? 그리고 불탑 속엔 무엇이 들어있고, 사원들은 대체로 어떤 구조(構造)로 지어졌을까? 하나에서 열까지 궁금하지 않을 수 없다. 물론, 이것이 나로 하여금 이-바이크를 몰고 다니며 이 버간에서만 약 50여 곳 이상의 사원과 불탑을 들여다보게 한 이유였다.

    민부 아웅 짜잉(Minbu Aung Kyaing)의 저서(著書) 『GUIDE TO BAGAN MONUMENTS』(2017)에 의하면, 이곳 버간 지역은 107년부터 1369년까지 1260년 동안 55명의 왕이 군림하였고, 49,210㎢ 면적에, 그러니까 우리 제주도 면적의 약 27배 되는 곳에 약 400만 개 이상의 파고다(이곳에서 말하는 '파야')가 있었다고 한다. 그러나 오늘날까지 남아있는 유적으로는 약 2,300개 정도로, 미얀마 전역을 최초로 통일한 제42대 아노라타(ANAWRAHTA:1044~1077) 왕 때부터 짓기 시작해서 1287년 몽고의 침입을 받기까지의 기간에 지어진 불교 사원과 탑들이 대부분이다.

위로는 왕으로부터 아래로는 평민에 이르기까지 자신들의 권력과 경제적 능력과 부처에 대한 믿음의 정도에 맞게 크고 작은 사원 내지는 불탑들을 조성했는데 가능한 한 견고하고 아름답게 지으려고 노력해 왔다는 것이다. 재질은 대개 불에 구운 붉은 벽돌과 회반죽을 사용하였으며, 그것들의 구조는 모두 다르다고 말할 수 있을 정도로 매우 다양하며, 저마다의 아이디어로 지어졌다고 한다. 대개는 단층건물이며, 3~4층 높이의 웅장한 건물도 있다.

이들 가운데에는 지진으로 기울어지고, 벽에 균열이 가고, 탑두 부분이 무너져 내린 곳도 있고, 문이 굳게 닫혀 있는 곳도 많다. 현재 보수 공사 중인 곳도 있고, 방치된 채 버려진 곳도 있으며, 관광객 외에는 사람들의 발길이 끊긴 곳이 대부분이지만 현지인들의 신앙적 경배 장소로 여전히 사용 중인 곳도 있다.

관광객들이 주로 찾는, 상대적으로 유명한 사원 내지 불탑들은 그 안으로 들어가면 관리인인지 헌금과 헌물을 접수 받는 사람들인지 모르지만 대개는 두 명씩 앉아 있고, 사원 밖에는 상점과 노점들이 있기도 하다. 그리

사람들이 거의 찾지 않는, 버간 초원의 아름다운 불탑과 사원들

고 상대적으로 덜 유명해서 잘 찾지 않는 사원들은 현지인들이 사원 안이나 밖에 있는데 관리를 겸하면서 그림이나 다른 상품들을 판매하는 사람들이다. 아주 작거나 유명하지 않아서 찾지 않는 사원들은 문이 잠겨 있거나 열려 있어도 아무도 없는 경우가 많다.

그런데 이 많은 불탑과 사원들을 지은 그들은, 부처에 대해서 무엇을 얼마나 이해하고 있었고, 어떤 신심(信心)으로써 그를 믿고 의지하며 존숭해왔는지 모르겠다. 분명한 사실은, 너도나도 불탑을 짓고, 부처상을 만들어 그 안에 안치시키고, 내실 벽에는 조각이나 그림으로써 그의 생애를 기록하듯 표현해 놓았고, 정성을 다하여 안팎을 장식하는 일에도 신경을 크게 썼다는 사실이다. 그런 그들 머릿

보수공사중인 탓빈뉴(Thatbyinnyu) 사원

속에서 부처는 과연 어떤 존재였을까?

　경전에 기록된 것처럼, '일체지(一切智)'를 가지신 능력자이며, 인간
이 죽고 사는 문제는 물론이고, 현세에서의 길흉화복을 주관하며,
다음 생까지도 결정지어주는 유일무이한 통치자였을까? 세상의 시
작과 끝을 다 아는 존재로서 그에게 기대지 않을 수 없었는지도 모
를 일이다. 어쩌면, 당대 사람들에게 공유되어진 부처에 대한 생각,
곧 믿음이 있었을 것이다. 특히, 아노라타 왕부터 시작된 불탑 내지
는 사원 짓기가 후대 왕들에게까지 경쟁적으로 이루어졌고, 그것을
통치 수단으로까지 여겼으니 백성들이야 '부처'라는 존재를 경이롭
게 받아들이지 않을 수 없었을 것이다.

여러 차례 지진으로 기울고, 균열이 가고, 무너져 내리다 만 사원들이 적지 않다.

보파 산(Mt. Popa) 전경

　백성들은 불교를 받아들이기 훨씬 전부터 '낫(Nat:spirit)'이라고 불리는 토착 정령신과 힌두교의 여러 신들에 대해 익숙해져 있는 상황이었다는데 아노라타 왕에 의해서 부처를 신봉하도록 정책적으로 유도됐지만 워낙 뿌리 깊은 의식인지라 쉽게 바뀌지 않음을 알고 불교가 낫 신앙을 흡수·통합하도록 무수히 많은 낫을 36낫으로 정리했고, 이 36낫을 관장하는 37번째 낫으로 '타기아민(Thagyamin)'이라는 낫을 임의로 탄생시켰다고 한다.

　이 낫 신앙의 주인공들, 그러니까 경배 드리는 신(神)들은 대다수가 슬픈 사연을 안고 죽었던 사람들이다. 그들을 신으로 모셔 원한을 달래주고 경배 드리면 그 신이 원하는 바를 들어주고 보호해준다고 믿는, 소위, 원시적인 샤머니즘에 가까운 민속신앙인 것이다. 그래서 어떤 불교 사원에 가면, 부처상들과 함께 낫 신앙의 대상인 사람들의 조형물도 함께 모셔진 경우를 어렵지 않게 볼 수 있다. 그 대표적인 곳을 들면 뽀파 산(Mt. Popa)에 있는, 낫들이 모셔진 사당들과 불전(佛殿)이다. 그리고 미얀마에 조성되는 많은 파야(파고다=불탑)의 기본 모델이 된 쉐지곤 파야(Shwezigon Phaya)를 들 수 있는데 이곳에서도 공식적인 37낫에 경배를 드릴 수 있도록 했다. 우리 불교 사원에 산신(山神)·칠성(七星)·독성(獨聖) 등을 함께 봉안하고 있는 '삼성각'이 있는 것과 같은 이치라고 생각된다.

문제는 이런 뿌리 깊은 토착신앙이 있었음에도 불구하고 미얀마 전역을 최초로 통일한 아노라타 왕은 어떤 이유에서 신앙의 중심에 부처를 받아들이게 되었을까? 그의 결심이 오늘날 미얀마가 불국토가 된 가장 근원적인 이유가 될 것이다. 그로 하여금 마음을 바꾸게 하고, 부처라는 존재를 자신보다 윗자리에 모시게 하고, 부처의 가르침을 적극적으로 배우고 가르치려고 했는데 바로 그 자리에 종자(種子)를 심어준 사람이 있었으니 그가 바로 '신 아라한(Shin Arahan)'이라고 불리는 사람이다. 따라서 그에 대해서 모르면 무언가 이상한, 앞니 하나가 빠진 것 같은 모습이 될 것이다.

미얀마 불국토(佛國土) 건설에
일등공신이 된 신 아라한

　우측 하단의 그림은 미얀마(Myanmar) 몬주(Mon State) 주도(州都)인 몰래먀인(Mawlamyine)에 있는 몬족문화박물관에 전시되고 있는, 미얀마 대부분의 지역을 최초로 통일한 아노라타(ANAWRAHTA) 왕에게 불교에 귀의하게 함으로써 미얀마 전역에 불교를 전파한 신 아라한(Shin Arahan)의 초상화와 조형물 가운데 한 점이다.

　이 박물관에 신 아라한의 삶이 미얀마 어와 영어로 간단히 소개되고 있는데 그것에 따르면 대략 이러하다.

　돌에 새겨진 기록에 의하면, 신 아라한은, 타툰(Thaton:현재 미얀마 몬주의 중상부에 있음) 태생의 승려로 1053년에 타툰에서 버간으로 와 버간 평원 숲속에 오두막을 짓고 홀로 살았다. 이때 그의 나이는 20세 정도로 추정되며(필자 계산), 그는 이미 불교 삼장(경·율·논)을 배우고 공부하여 '아라한'의 지위를 얻었다. [아라한의 지위가 불법(佛法) 수행 과정에서 어떤 단계인지에 대해서는 본인의 저서 『썩은 지식의 부자와 작은 실천』을 참고하기 바란다.]

어느 날, 제석천이 사냥꾼으로 변신하여[사실, 이 대목은 정확하지 않다. 불경(佛經) 곳곳에는 부처나 제석천을 비롯하여 천인(天人)들이 인간의 몸으로 변신하여 지상의 인간들과 대화를 나누고 상대방의 마음을 움직이는 등의 일들이 수없이 언급되어 있는데, 그래서 나는 불완전한 문장을 의역하였다.] 신 아라한에게 도움을 청하는데 왕에게 함께 가자고 요청한다. 신 아라한은 당시 왕인 아노라타에게로 갔는데, 왕이 그를 보자 스스로 생각하기를 '이 유력자가 스님으로서 순결하고 고귀하다면 높은 자리에 앉을 것이고, 태생이 천박한 사람이라면 낮은 자리에 앉을 것이다.'라면서, 아라한에게 자리에 앉도록 권했는데 신 아라한은 가장 높고 화려한 왕좌 앞으로 당당히 걸어가 앉았다.

왕은 자기 자리에 앉은 그에게 묻기를, "①그대는 어느 종족이며,

신 아라한(Shin Arahan)

②어디로부터 왔는가? 그리고 ③그대는 누구의 가르침(지침 또는 원리)을 따르는가?" 등 세 가지를 물었다. 이에 신 아라한은 "나는 붓다 왕의 후손이며, 타툰에서 왔으며, 그(부처)의 가르침을 따르고 있다."고 대답하였다.

이렇게 시작된 왕의 질문과 신 아라한의 답변이 한 차례 더 이어지자, 왕은 아라한에게 가르침을 베풀어 달라고 간청하기에 이르고, 궁금한 내용에 대해서는 추가적인 질문을 한다. 곧, "그 붓다는 지금 어디에 계시냐?"고까지 물었다.

이에 아라한은 명쾌하게 대답하기를, 붓다는 이미 열반(涅槃)에 들었으며, 그의 유산은 우리로 하여금 경배 드리도록 8만 4천 가르침을 남겼다며, 타툰에 있는 30세트의 경전이 바로 그것이라고 했다. 그리하여 왕이 자신의 믿음을 버리고 부처의 가르침을 따르겠다고 선언하기에 이르는 것이다.

어쨌든, 아라한은 버간 왕국에 부처의 가르침을 보급, 홍보하는 임무를 열정적으로 수행했으며, 부처의 가르침은 떠오르는 태양빛처럼 널리 퍼져나가 번성하였고, 그 광명이 두루 비추었다.

보석으로 장식된 첨탑과 지붕이 있는 탑 안에, 타툰왕국을 전쟁으로써 무너뜨리고 가져온 30세트의 경전을 모셔놓고, 수도승들로 하여금 배우게 하였으며, 버간왕조의 네 명의 왕(아노라타·쏘루·짠싯따·아라웅 씻투 등)이 통치할 때에 자신에게 주어진 종교적 소명을 완벽하게 수행했으며, 1114년 81세를 일기로 열반에 들었다.

그의 정신적인 가르침 곧 유산은 현재 냥-우(Nyaung-U)에 있는 튜인 언덕(Tuyin Hill)의 동쪽 타웅 파 마을(Taung Pa Village)에 띠 싸웅(Hti Saung)이라는 이름의 파야(불탑)에 간직되어 있다고 한다. 그런 그의 본명은 '신 담마다시(Shin Dhammadasi)'이며, 살아있는 동안은 '큰스님'으로 널리 존경받았다고 한다.

내가 버간에 들렀을 때에는 '신 아라한'이라는 칭호만 겨우 기억하고 있었지, 어떤 과정과 절차로써 버간왕조의 최초 통일 왕 '아노라타'로 하여금 불법(佛法)에 귀의(歸依)하게 했는지 아무런 정보가 없었다. 그래서 그를 기념하는 사원(파야)조차도 가보지 못했다. 물론, 어떤 여행 가이드북에서도 그와 관련된 정보를 주지 않았다. 나는 언제나 아는 것보다 모르는 것이 더 많음을 절감하면서 오늘도 여행 중이다.

이제 이 정도라도 알았으니 다음에 혹 미얀마를 다시 방문한다면, 신 아라한의 유산이 보관되어 있다는 띠 싸웅(Hti Saung) 파야를 먼저 둘러볼 것이고, 이러한 내용이 기록되었다는 '돌'의 비문도 꼭 확인하고 싶다. 진실로 그것이 존재했다면, 당연히 버간고고학 박물관(Bagan Archaeological Museum)에 있을 것으로 판단된다. 하지만, 나는 이 박물관을 관람했지만 '이것이다!'라고 확인하지 못했다.

11

버간(Bagan)에서 불교 유적 돌아보기

버간 지역은 유네스코 지정 세계3대 불교유적지(①캄보디아 앙코르와트 ②인도네시아 보르부두르 ③미얀마 버간) 중 한 곳이면서, 미얀마를 대표하는 유명 관광지인데, 미얀마 만달레이 구(Mandalay Region) 서쪽에 위치하며, Ayeyarwaddy River를 끼고 남쪽에 붙어 있다. 이 버간은, ①올드 버간(Old Bagan) ②밍카바(Myinkaba) ③냥-우(Nyaung-U) ④뉴바간(New Bagan) ④민난뚜(Minnantu) 지역 등으로 구분되며, 대다수의 유적이 올드 버간에 몰려 있지만 그렇다고 나머지 지역을 돌아보지 않을 수 없다.

비교적 광범위한 지역에 너무 많은 사원들이 분포되어 있기 때문에 다 볼 수도 없지만 중요한 사원만이라도 둘러보려면 약간의 요령이 필요하다. 그 요령이란 이동수단과 볼거리를 잘 선정하는 일이다. 이-바이크를 빌려 타고 다니면 가장 효과적이고, 너무 많은 불교 사원들을 삼사 일 일정으로 다 볼 수 없기 때문에 대표적인 것으로 미리 선정해서 일정한 순서로 둘러보는 것이 좋다. 물론, 이런 탐구적인 여행을 하려면 사전 공부가 반드시 필요하며, 지도를 보며 찾아다닐 수 있는 독도법에도 어느 정도 익숙해져 있어야 한다. 만약, 이런 일에 익숙지 않다면 택시를 대절하여 다니되 목적지를, 그러니까, 꼭 보고 싶은 사원들을 분명하게 택시 기사에게 말하고 현지 지리에 밝은 그에게 온전히 맡겨야 한다. 하지만 보고 싶은 사원을 결정하고, 그 우선순위를 매기는 일 자체도 사전 지식이 없으면 그조차 어려운 일이 될 것이다.

나에게는 가이드북 2종(한글판)이 있었고, 현지 박물관에서 구입한 책(MINBU AUNG KYAING 著 『GUIDE TO BAGAN MONUMMENTS』, 2017, ISBN 978-99971-881-5-1)이 있었다. 특히, 후자는 전문가가 고른 47개 불탑 내지는 사원에 대한 사진, 구조, 대략의 위치, 건축연대, 특징 등에 대한 설명이 비교적 잘 요약·정리되어 있었기 때문에 유용했지만 그 47개조차 이삼 일 내에 다 보기란 쉽지 않은 일이다.

물론, 한글판 가이드북들도 나름대로 중요 사원들을 소개하려고 애쓴 흔적이 엿보였다. 사원들을 짓게 된 배경과 일출·일몰사진 찍기와 관련 얘기를 애써 많이 했다면, 현지인의 책은 사원의 구조·벽화·특징 등을 설명하려고 애썼다고 말할 수 있다. 어쨌든, 책에는 소개가 안 되었지만 중요 사원들을 찾아 돌아다니며 중간 중간에 흩어져 있는, 상대적으로 유명하지 않은 사원들을 들러보는 재미도 없지는 않다.

그러나 이런 일이 말처럼 쉬운 것은 아니다. 1월인데도 낮에는 섭

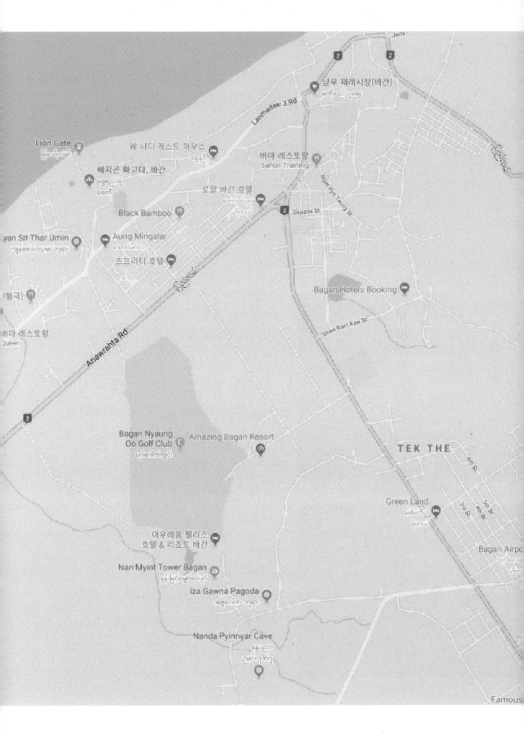

씨 28도를 웃돌고, 가는 곳마다 신발과 양말을 벗어야 하기에 여간 불편한 게 아니었다. 그뿐 아니라, 이들이 한 곳에 모여 있는 게 아니고 넓은 지역에 분포되어 있어서 찾아가는 일 자체도 쉽지 않기 때문이다. 나는 이곳을 세 번째 방문한 지적 탐구욕이 매우 큰 사람과 동행했어도 지금 와서 돌아보니 아쉬운 점이 너무 많다. (*나는 지금 '사원'이라는 말로 통일해서 썼지만 엄밀히 따지면 제디(Zedi), 파야(Phaya), 구파야 (Guphaya), 수투빠(Stupa), 파고다(Pagoda), 템플(Temple), 모너스터리(Monastery) 등으로 세분 되어진다.)

참고로, 내가 이-바이크를 타고 둘러본 지역과 사원들은 아래와 같다.

쉐지곤 제디(Shwezigon Zedi)

1) 냥-우 지역에서 구경한 사원

①쉐지곤 제디(Shwezigon Zedi) ②짠시타 우민(Kyansittha Umin) ③우팔리 떼인 (Upali Thein = Ordination Holl) ④띨로민로 구파야(Htilominlo Guphaya) ⑤카밍카 사원 (Khamingha Monastery)

2) 밍카바 지역에서 구경한 사원

①밍글라 제디(Mingala Zedi) ②구바욱지 파야(Gubyaukgyi Phaya) ③마누하 파야 (Manuha Phaya) ④난 파야(Nan Phaya) ⑤아베야다나 파토(Abeyadana Phato) ⑥나가용 구

밍글라 제디(Mingala Zedi)

파야(Nagayon Guphaya) ⑦담마야자카 제디(Dhammayaxaka Zedi)

3) 뉴버간 지역에서 구경한 사원

①로카난다 파고다(Lawkananda Pagoda)
②아나욱 펫레익 파야(Anauk Pettleik Phaya)

4) 올드 버간에서 구경한 사원

①아난다 구파야(Ananda Guphaya) ②타
라바 게이트(Taraba Gate) ②탓빈뉴 구파야
(Thatbyinnyu Guphaya) ③나 라웅 짜웅 템플
(Nat Hlaung Kyaung Temple) ④고도팔린 파
야(Gawdawpalin Phaya) ⑤마하보디 구파야
(Mahaboddhi Guphaya) ⑥부 파야(Bu Phaya)
⑦밍글라 제디 파고다(Minggalazedi Pagoda)
⑧쉐산도 파야(Shwesandaw Phaya) ⑨신빈따
라웅 사원(Shinbinthalyaung Monastery) ⑩쉐
구지 구파야(Shwegugyi Guphaya) ⑪담마양
지 구파야(Dhammayanggyi Guphaya) ⑫술래

로카난다 파고다(Lawkananda Pagoda)

탓빈뉴 구파야(Thatbyinnyu Guphaya)

마니 구파야(Sulamani Guphaya) ⑬탄도짜 파야(Thandawkya Phaya) ⑭불레
디 파야(Buledi Phaya) ⑮버간 고고학 박물관(Bagan Archaeological Museum)
⑯로까뼤익판 구파야(Lawkahteikpann Guphaya) ⑰파토땀야 구파야
(Pahtothamya Guphaya) ⑱칸도파린 구파야(Kandaawpalin Guphaya) ⑲위니
두 구파야 군(Winido Guphaya Group) ⑳쉐산도 제디(Shwesandaw Zedi) ⑳
신빈따라웅 사원(Shinbinthalyaung Monastery)

5) 민난뚜(Min Nan Thu)에서 구경한 사원

①난다민야 파토(Nandamannya Phato) ② 파야똥주 구파야(Phayathonezu Guphaya) ③레미엣나 사원군(Laymyethna Monastery Complex) ④탐부라 구파야(Thambula Guphaya)

파야똥주 구파야(Phayathonezu Guphaya)

6) 기타

① 뽀파 산(Mt. Popa) : 미얀마 전통적인 '낫' 신앙의 고향으로 불리는 산이자 산 정상에 사원이 있음. 택시 대절(돌아오는데 약 4시간 소요).

② 위에서 열거하지 못한, 자료와 대조해가며 확인할 수 없는 작은 사원들이 적지 않음.

뽀파 산(Mt. Popa)의 '낫' 신앙

7) 내가 구입한 책들

①guide to BAGAN monuments ② 80scenes of the life of Buddha ③Union of Myanmar Ministry of Culture Department of Archaeology ④IN BUDDHA'S LAND Visions of Buddhist Myanmar ⑤Mural paintings of Ancient Bagan ⑥Guide To Bago - THE ANCINET ROYAL CITY OF HANTHAWADDY

8) 뒤돌아보기

하루는 일출을 본다고 새벽부터 이-바이크를 타고 나갔다. 하루 종일 돌아다니다 보면 금세 해가 진다. 그래서 일몰은 쉽게 어디서나 볼 수 있었다. 이곳의 노을과 여명이 유난히 붉다고 느꼈다. 그래서 조금 슬펐다. 슬픔은 나로 하여금 시를 쓰게 했다. 그리고 가능하면 많은 사원들을 보고 싶은 욕구를 내게로 했다. 일단, 뭐가 뭔지 몰라도 많이 보아두면 훗날 살이 되고 피가 되리라 믿었다.

여행을 마치고 돌아온 지금, 나는 자료들을 뒤적이며 내가 본 것들을 다시금 살펴보고 있다. 이런 나의 태도와 일상이 과연 나 자신과 내 이웃들에게 무슨 도움이 되겠는가마는 어쨌든, 나는 이 버릇을 떨쳐내지 못하고 있다. 길게 침잠하는 시간을 갖고 좀 생각해 봐야겠다.

내가 현지에서 구입한 책들

오래 기억하고 싶은
'아난다 구파야(Ananda Guphaya)'

    미얀마 버간(Bagan)에 가면, 버간왕조(The Kings of BAGAN:107~1369) 때에 지어진 수많은 불탑과 사원들이 있지만 제2순위로 아난다 구파야(Ananda Guphaya)에 가야 한다. 아난다 구파야는 1091년 버간왕조 제44대 왕인 짠시타(Kyansittha:1084~1113)에 의해서 건립되었는데 오늘날 기준, 건축학적으로 보나 종교적 신앙의 대상을 모신 신전(神殿)으로 보나 너무나 아름답고 유용한, 복합적인 건축물로서 예술품에 가까울 뿐 아니라 현재도 살아있는, 다시 말해 사용중인 사원이기 때문이다.

    나는 버간 지역을 여행할 때에 두 차례 이곳을 가보았는데, 한 번은 정상적으로 다른 불탑과 사원들을 두루 돌아볼 때였고, 다른 한 번은 이곳의 벽화(Mural Paintings)를 따로 촬영하여 펴낸 단행본 책이 있다면 한 권 사겠다는 일념으로 이-바이크(오토바이와 자전거의 중간 형태 =이-바이크)를 타고 급하게 갔었지만 도착시간이 너무 늦어서 서점의 문이 닫힌 뒤였다. 비록, 원하던 책은 구입하지 못했지만 오후 6시

가 넘은 어둑어둑한 시간대에 카사파(가섭) 불상 앞과 남쪽 문으로 나
가는 중간 불전 앞에서 스무 명 안팎의 현지인들이 스님과 함께 법
회(法會) 보는 장면을 지켜볼 수가 있었다.

어쨌든, 아난다 구파야는, 구조나 장식으로 보아서 몬(Mon)과 인디
안(Indian) 양식이 혼합되었다는데 정사각형에 동서남북 네 방향으로
출입문을 겸한 긴 회랑이 나있고, 각 문으로 들어오면 앉아있는 불
상이 아닌 서 있는 부처상[立佛像]을 대면하게 된다. 보통 사람들의 눈
에는 이들 네 불상이 엇비슷하게 보이지만 사실, 표정과 무드라[손동
작]와 복식(服飾)과 재질(材質) 등도 다르며, 인물 또한 다르다. 곧, 남쪽

구나함모니불(拘那含牟尼佛)

에는 카사파(Kassapa:가섭)이고, 북쪽에는 카쿠산다(Kakusanda: 구루손불)이며, 동쪽에는 콘나고나(Konnagona:구나함모니)이고, 서쪽에는 고타마(Gautama:석가모니)라고 한다. 물론, 일반인들이 보면 이들 넷을 구분할 수 없다. 그렇다고 표기되어 있기에 그럴 줄 아는 것일 뿐이다. 그렇다면, 이들 네 부처는 누구인가? 최소한 이 정도는 알아야 할 것이다. 나의 짧은 지식으로 보자면, 인간의 수명이 8만 세에 100세가 되는 사이에 일곱 부처님이 출현했다는데, 곧 ①비사시불(毘婆尸佛)②시기불(尸棄佛)③비사부불(毘舍浮佛)④구루손불(拘屢孫佛)⑤구나함모니불(拘那含牟尼佛)⑥가섭불(迦葉佛)⑦석가불(釋迦佛) 등이 그들인데 ④⑤⑥⑦ 네 부처를 모신 것이다.

어느 문으로 들어왔다 하더라도 2중으로 된 내부 통로[동굴＝터널]로 사면의 부처님을 다 볼 수 있도록 회랑[터널식 통로]이 구축되어 있는데 벽면 위아래 두 줄로 석가모니 부처의 일대기가 액자처럼 80

부처의 일대기를 80개의 조각으로 새겨 놓았는데 그들 중 일부

아난다 구파야(Ananda Guphaya)에 그려진 벽화 일부

개로 나뉘어 돌에 양각(Stone Sculptures) 되어 있다.

그리고 모든 벽면에 벽화가 그려져 있었지만 동쪽과 북쪽 현관의 벽화는 석회질(limewash)로써 덧씌워져 제거되었다 한다. 하지만 천천히 걸으며 샅샅이 보고 싶어도 실내가 제한된 자연채광에 의존하기 때문에 어둡고, 많이 희미해져서 제대로 볼 수 없다는 사실이다. 물론, 이들 벽화만을 따로 떼어내서 살펴보면 당대 사람들의 부처에 대한 이해도와 염원을 읽을 수 있을 터인데 매우 아쉽기 그지없다. 물론, 나는 고대 버간의 벽화를 모은 별책(『Mural paintings of Ancient Bagan』)을 통해서 이곳 아난다 구파야의 벽화 몇 폭을 간접적으로나마 들여다볼 수는 있었다.

그리고 테라코타 플러그(Terra Cotta Plaques) 1,500점과 네 곳의 커다란 대문(大門)에 반영된 목각(Wood Carving) 등의 뛰어난 기술도 엿볼 수 있다.

그런데 불행하게도 1975년도 대지진으로 40% 정도가 파괴되었으나 ─주로 첨탑, 통로, 인물상 등─ 1990년에 완전히 복구되었다 한다. 나는 2019년 1월에 가 보았으니 복구된 모습을 본 것이다.

[일러두기]
①버간왕조에 대해서 흔히 제42대 왕인 아노라타(Anawrahta : 1044~1077)가 미얀마 대부분 지역을 통일했다는 이유에서 초대로 보는 경향이 있다. 그러나 버간 지역을 중심으로 역대 왕조가 계승되어 왔기에 나는 버간의 창설자 타무다릿(Thamudarit : 107~152)을 초대 왕으로 보는 견해를 따랐다.
②일반적으로 불탑이라는 의미로 미얀마에서는 '파야(Phaya)'라는 용어를 쓰지만 '미얀마 헤리티지(Myanmar Heritage)'에서 발행한 책에서는 제디(Zedi)·구파야(Guphaya)·스투파(Stupa)·머나스터리(Monastery) 혹은 머나스터리 콤플렉스(Monastery Complex)·파고다(Pagoda)·파야라(Phayahla) 등 여러 용어들을 구분하여 쓰고 있다.
③아난다 파야 건축 연대에 대해서는 현지에서 발행된 공신력 있는 책에서조차 1090년과 1091년으로 다르게 기록되어 있다.

13

겉이 아름답다고 그 속까지 아름답지는 않아

이곳 버간 지역을 돌아다니다보면, 너른 평원 위에 저마다 아름답게 장식되고 건축된 크고 작은 사원들이 수없이 펼쳐져 있고, 그 내부로 들어가면 가장 안쪽 중심부엔 부처님의 명상하는 모습이 형상화된 인물상이 안치되어 있고, 그곳에 이르기까지 통로와 벽면과 천정 등에 그림이나 조각 등으로써 부처의 생애와 관련된 이야기들을 환기시켜 주고 있다. 뿐만 아니라, 부처의 삶과 가르침을 떠올리거나 경전을 읽으며 기도하듯 소원을 빌기도 한다. 이 얼마나 겸손한 마음씨이며, 착한 신앙행위인가.

비단, 이곳뿐 아니라 미얀마 전역, 사람 사는 곳이라면 그 어디에도 이런 사원과 불탑들을 건설해 놓아 가는 곳마다 그것들로 가득차 있음을 상상해보라. 이 나라야말로 부처의 가르침을 따르고, 부처를 존숭하며, 그에게 현실적인 고충을 고백하고, 미래의 희망사항을 비는 불국토(佛國土)임에는 틀림없어 보인다.

짓다만 밍군 파야(Mingun Phaya)

그러나 이 많고 많은 사원들 가운데는 왕인 아버지(알라웅시투:Alaungsithu:1113~1167)를 죽이고, 자신의 친형과 처 가운데 한 사람과 처남과 자신의 아들조차 죽이고서 자신의 죄를 참회한답시고 사원을 건축하는데, 그 과정에서 벽돌과 벽돌 사이에 간격이 조밀하지 않으면 노동자의 팔을 가차 없이 잘라버리는 잔인무도한 짓을 했다는 왕위 찬탈자, 나라투(Narathu:1167~1170)가 짓다만 사원도 있다. 그것이 바로 '담마양지 구파야(Dhammayangy Guphaya)'인데 1163~1165에 지어졌지만 완공되지는 못했다. 이 나라투 왕은 인도의 파테익카야(Pateikkaya) 왕이 보낸 여덟 명의 암살자들로부터 죽임을 당하였다고 전해지지만 일부의 학자들은 나라투의 왕비인 딸의 죽임에 대하여 복수하기 위해서 실론의 왕이 보낸, 지금의 스리랑카 신할라족(Sinhalese) 암살자들에 의해서 죽임을 당했다고 주장하기도 한다.

담마양지 구파야(Dhammayangy Guphaya)

이처럼 슬픈 사연을 안고 있는 담마양지 구파야는 네 개의 출입통로와 두 개의 평행 통로[회랑]가 구축된 두 개의 사원 가운데 하나인데 바깥 통로와 안쪽의 통로가 막혀 있는 구조적 결함을 갖고 있다.

탄더짜 파야(Thandawkya Phaya)

그런가 하면, 아들에게 죽임을 당한 알라웅시투 왕이 의욕적으로 지은, 버간 지역에서 가장 높은 (71미터) 사원인 탓빈뉴 구파야(Thatbyinnyu Guphaya)가 있고, 이 사원을 지을 때에 소요되는 벽돌 수를 헤아리기 위해서 일 만장 당 한 장씩 따로 모은 벽돌로써 지은 탄더짜 파야(Thandawkya Phaya)도 있다. 그만큼 벽돌이 많이 소요되었다는 뜻이다.

또 그런가하면, 아들 나라투에 의해서 아버지 알라웅시투 왕이 감금되고, 끝내 죽임을 당했던 사원(쉐구지 파야:Shwegugyi Phaya)도 있다.

또 그런가하면, 불경(佛經)을 복사해 주지 않는다는 이유로 침략당

탓빈뉴 구파야(Thatbyinnyu Guphaya)

하여 불경을 약탈당하고, 수많은 노동자들과 수행승들과 타툰 국의
왕(Manuha)인 자신까지도 포로로 붙잡혀 와 감금되었던 사원[난 파야
(Nan Phaya)]도 있고, 훗날 석방되어 스스로 세운 사원[마누하 파야(Manuha
Phaya)]도 있다고 전해진다. 이것이 사실인지는 확인이 필요하지만
말이다.

그러고 보면, 이들 아름다운 사원들 가운데에 일부는 감옥이나 유
배지가 되기도 했고, 정치적 목적 달성의 명분이나 수단이 되기도
했으며, 동시에 노동력 착취 현장이기도 했고, 개인의 부와 권력과

위상을 드러내며 과시하는 방편이기도 했음을 부인할 수 없을 것이다. 한 마디로 말해, 인간의 욕구와 욕망이 대립하며 충돌하는 사바세계 그 자체이기도 했다는 뜻이다.

경전에 나타난 부처의 궁극적 이상을 추구한다면, 오로지 무욕(無慾)·명상(瞑想)·보시(布施)·지계(持戒) 등으로써 깨달음을 얻고, 그 지혜로써 환생(還生)의 굴레로부터 영원히 벗어나는 해탈(解脫)을 이루어야 하는데 그 반대로 살면서 부처를 자기 임의로 이해하면서 그를 팔아먹는 장삿속과 크게 다를 바 없다는 생각마저도 든다. 만들레이(Mandalay) 인근 밍군(Mingun)에 가면 밍군 파야(Mingun Phaya)를 짓는 과정의 힘든 노역에 시달리다 못해 도망쳐 국경선을 넘는 바람에 당시 인도 지배국이었던 영국과의 세 차례 전쟁의 빌미를 제공하고 종국에는 패함으로써 영국 식민지가 되고 마는 운명에 처했던 미얀마의 역사적 사실이 암시해 주는 바 크다. 물론, 그렇다고 부분적인 현상을 갖고 전체를 재단해서는 아니될 줄로 믿는다.

버간에서 냥쉐(NyaungShwe)로 이동하기

나는 미얀마 여행지로서 다섯 손가락 안에 드는 '인레호수(Inle Lake)'를 구경하기 위해서 그 거점인 냥쉐로 가는, 밤 10시 발 버스를 게스트하우스에서 예약해 두었고, 9시 30분까지 게스트하우스 로비에서 기다려야 했다. 픽업하러 오기 때문이다.

정확히 9시 30분에 픽업차량이 도착했고, 나는 승차했는데 픽업차량은 우리 뒤로도 대여섯 곳 이상 호텔이나 게스트하우스를 돌며 손님들을 픽업했다. 물론, 10시가 되기 전에 터미널에 도착할 수 있었고, 예약 티켓과 여권을 들고 체크인하자 겉옷에 번호표를 붙여주며 승차를 안내해 줬다.

지정된 자리에 앉자 물 한 병과 과일주스 한 병과 치약 칫솔과 물수건 한 장씩이 놓여 있었다. 버스마다 서비스는 조금씩 달랐지만 대동소이하다고 보면 크게 틀리지 않는다.

나는 피곤해서인지 쉽게 곯아 떨어졌다. 새벽 4시 반경에 어느 정류장에 정차했는데, 화장실을 다녀올 수 있었고, 한 20여 분 후에 다시 출발했다. 5시 51분경에 일레통합입장권 1인 15,000짯을 버스 안에서 징수했다.

우리는 아침 6시가 조금 지나 냥쉐 정류장에서 내렸다. 나는 그다지 멀지 않은 게스트하우스로 걸어갔다. 동이 트기 전 이른 아침에 캐리어 바퀴 구르는 소리를 들으며 낯선 소도시 길을 걷다니 이것도 배낭여행자가 아니면 체험할 수 없을 일일 것이다. 한 10여 분만에 예약된 게스트하우스에 도착했고, 주인은 기쁘게 맞이했다. 근 아홉 시간 만에 버간에서 냥쉐로 온 것이다. 밤사이 약 333킬로미터를 달려온 것이다.

그러나 마음은 한결 가벼워졌다. 지금까지는 양곤·미약우·버간 등을 여행하면서 오로지 불교 사원들을 중심으로 둘러보았다면, 이제부터는 우리의 북한산 최고봉인 백운대(해발고도 837미터)보다 조금 더 높은 곳(해발고도 875미터)에 22㎞×11㎞ 크기로 있는 호수에서 살아가는, 지금까지 듣지도 보지도 못한 인따(Intha) 족의 생활상을 엿볼 수 있는 곳이고, 주변의 평화로운 농촌마을을 산책할 수 있는 곳이란 점과 온천욕에 포도주까지 즐길 수 있다는 생각이 앞섰기 때문이다. 어디 그뿐인가? 소문 난 남판(Nampan) 오일장을 구경하며 여러 소수민족들을 만나볼 수도 있고, 쇼핑도 할 수 있다는 기대도 있었다.

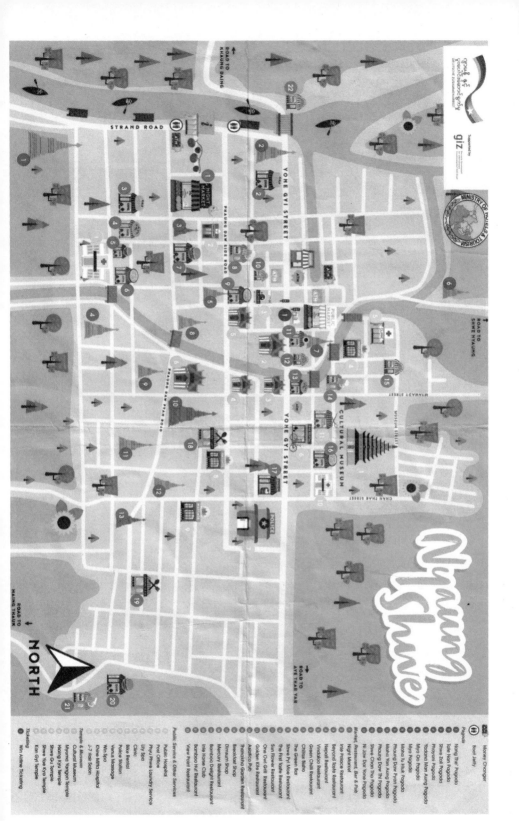

냥쉐에서 2박3일 여행하기

1) 도착 첫째날 : 냥쉐 구경하기

냥쉐는 샨주(Shan State)의 서남쪽에 있으며, 샨주의 주도(州都)인 '따웅지(Taunggyi)'로부터 약 30㎞밖에 떨어져 있지 않고, 그 유명한 인레호수를 구경하기 위한 거점도시로서 인기가 높은 곳이다.

우리는 아침 6시 반경, 게스트하우스에 체크인하고, 다음날 하게 될 인레호수 투어를 신청하고, 세탁 서비스를 맡기고, 샤워를 한 뒤 잠시 침대에 누워 쉬면서 오늘 할 일들을 정리해 보았다. 우선은, 자전거를 빌려 타고서 시내와

수도승들의 점심공양

주변 농촌마을을 산책하고, 내일은 본격적으로 새벽부터 인레호수 투어를 떠나는 것이 좋겠다고 판단했다.

　두어 시간의 휴식을 취한 나는, 아침식사를 하러 자전거를 타고 시내로 나섰다. 무작정 자전거 페달을 밟다가 활기차 보이는 어느 식당으로 들어가서 볶음면을 시켜 먹고, 이곳저곳 구석구석 돌아다녔다. 시내에 있는 적지 아니한 사원에도 자유롭게 들어가 보았고, 박물관 답지 않은 문화박물관도 관람했다.

사원 내 평신도들의 불경 공부하는 모습

　아주 작은 도시지만 사원이 여남 개 이상 있는데 상당수를 첫날과 마지막 날 이틀에 걸쳐 다 둘러보았다. 그 중 한 곳에서는 스님들의 점심 공양시간인지라 단체로 큰 식당에 모여 식사하는 모습을 처음 지켜볼 수도 있었다. 사진도 찍게 허락해 주고 매우 친절하게 대해 준 어느 스님의 얼굴이 눈에 선하다.

　그런가하면, 어느 사원에서는 음력으로 보름날이라고 스님들이 외출하고 텅 비어 있었는데 오직 한 스님이 세탁하고 몸을 씻고 있었다. 탐구심 많은 일행 가운데 김 선생은 그분에게 다가가 '스님들이 기거하는 방을 보여줄 수 없느냐'며 말을 걸었다. 스님은 곧장 옷을 갈아입고 나와 자신이 읽고 공부한다는 경전을 보여주며, 자신의 방까지도 보여 주었다. 그의 설명에 따르면, 주로 미얀마어로 된

냥쉐 문화박물관(Cultural Museum) 전경

경전을 읽고, 팔리어로 된 경전도 더러 읽는데 그 경전을 펴 보이며, 행간에 미얀마어로 해석을 달았다는 설명까지 해주었다. 나는 반야심경의 키워드인 '아누다라 샴막삼보리(Anuttara sammasambodhi)'라는 용어를 아느냐고 물었지만 모르고 있었다. 온전한 의사소통은 불가능했지만 먼저 말을 건 김 선생은 그 스님에게 고맙다는 뜻에서 일만 짯을 후원하고 돌아나왔다.

스님이 공부하는 경전들

그리고 이곳 '문화박물관'에서는 2,000짯을 주고 티켓을 끊어 들어갔는데 덜렁 박물관을 소개하는 복사지 한

장 주었다. 말이 박물관이지 소장 전시중인 유물이 턱없이 부족하고, 전시장도 어둡고 청결하지 않아 보였다. 공연히 입장했다고 생각을 했는데 나는 이곳에서 처음으로 '대나무로 만든 불상'을 보고 놀라지 않을 수 없었다. 분명, 그것은 예술품이었다. 나는 그것 하나 본 것만으로도 입장료 2천 짯의 의미가 있다고 자위하면서 샨족의 통치자인 '샤오파(Saopha)'가 착용했다던 의류·장신구·의자·침대 등과 함께 관련 인물사진들을 포함한 전시물들을 둘러보았다. 더더욱 놀라운 것은, 이 박물관 건물 자체가 바로 샤오파의 궁전이었었다는 사실이다. 그래서 우리는 건물 바깥으로도 한 바퀴 돌아나왔다.

나는 가이드북에 소개된 '뷰포인트'라는 레스토랑으로 가서 망고주스와 커피를 마시며 좀 쉬었다. 하지만 서울의 음료값이나 거의 같았다. 현지 물가 치고는 대단히 비싸다는 뜻이다. 실내장식과 시설을 잘 꾸며 놓고 비싸게 받겠다는 영업 전략인 듯싶었다. 그래서인지 서양 사람들만 눈에 띄었다.

나는 시간이 아깝다는 생각에서 시골길로

까잉다잉 온천
(Knaung Daing Natural hot Spring Inle)

나가보기로 하고 그야말로 발길이 닿는 대로 갔다. 이 얼마 만에 한가롭게 타보는 시골길 자전거인가? 그것도 논밭이 어우러진 들판 길을 말이다. 심지어, 논두렁길까지 자전거를 끌고 다녔다. 호수처럼 너른 논에 물이 차 있어 가보았더니 우렁을 양식하는 곳이었다. 어느 아낙네가 어린 아들을 작은 배에 태우고 살살 노을 저으며 양식장을 살피고 있었다. 그 모습을 오랫동안 곁에서 지켜보았다. 내 마음도 한가로워졌다. 나는 논두렁에 앉아서 배낭 속 빵과 음료수를 먹고 마셨다.

나는 다시 자전거를 타고 까잉다잉 온천(Knaung Daing Natural hot Spring Inle) 쪽으로 갔다. 가는 길이 반포장된 도로이지만 차들이 차지하기 때문에 비포장된 측면도로를 달릴 수밖에 없었다. 한참을 달렸다. 오르막길도 나오고 삼거리도 나왔다. 그 삼거리 코너에 상점이 있었다. 나는 그곳에서 음료를 사 마시고 일행들에게 돌아가자고 했으나 한 분이 급구 더 달려보자고 했다. 그래서 계속 달렸다. 세 사람 사이의 거리가 점점 벌어졌다. 내리막길도 나왔다. 이 길을 내려가면 되돌아올 때는 오르막길이 되기 때문에 해 떨어질 시간도 시간이지만 돌아가는 게 옳다고 판단되어 앞서 달린 두 사람이 뒤따라오는 한 사람을 기다렸다. 그런데 그는 아무런 상의도 없이 뚝뚝이에 자기 자전거를 싣고 타고 오는 것이 아닌가.

어찌된 영문인지 몰라 물었지만 무조건 자전거를 싣고 타라는 것이다. 우리 두 사람은 망설여졌으나 그가 다그치는 바람에 어쩔 수 없이 자전거를 싣고 몸도 실었다. 뚝뚝이는 달려 야외온천이 있는 곳까지 갔다. 내친 김에 온천수가 나오는 곳 두 곳을 확인하고 남녀로 갈라놓은 야외온천욕을 할 수 있는 열악한 시설을 확인했다. 몇몇의 사람들이 목욕하고 있었으나 들어가 목욕하고 싶은 생각은 추호도 일지 않았다. 죽은 쥐가 수로를 따라 떠내려가는 것을 보았기 때문이다.

우리는 다시 뚝뚝이를 타고 달려 수상가옥들이 모여 있는 어느 작은 마을 골목길로 접어들었다. 김 선생은 이곳을 세 번째 방문하는 사람으로 우리에게 하나라도 더 보여주려고 아무런 예고도, 상의도 없이 욕심을 내었던 것이다.

어쨌든, 다소 불편한 심기를 갖고 수상가옥마을을 둘러보고 그 가운데 한 집은 내부까지 들어가 보았다. 그리고 돌아 나와 다시 그 뚝뚝이를 타고 숙소로 돌아왔다. 뚝뚝이 운전수에게 김 선생은 만 짯을 주었다. 내가 공금에서 지출하자고 제안했지만 그는 자신의 서비스라며 거절했다. 아마도, 자기가 일방적으로 결정, 강행한 일이었기에 그런 심사를 내었던 게 아닌가 싶었다.

2) 둘째날 : 인레호수 투어
아침 6시까지 게스트하우스에서 대기해야 했다. 인레호수 위에서의 일출과, 호수 위와 그 주변에서 살아가는 소수민족들의 삶과 문화를 체감하기 위해서 본격적인 투어를 나서기 위해서였다.

게스트하우스에서 아침식사를 못하는 대신 도시락이라고 무언가를 담아 주었다. 빵 하나와 바나나와 물 한 병씩 말이다. 우리는 그것을 들고 선착장으로 걸어갔다.

기다란 배 위에는 초등학교 다닐 때에 앉았던 걸상 같은 나무의자가 일렬로 놓여 있었고, 그 위로 담요 한 장씩이 개어져 있었다. 우리가 승선하여 의자에 앉자 배는 이윽고 요란한 발동기 소리를 내며 물살을 가르기 시작했다. 한참을 갔다. 아침기운이 제법 쌀쌀했다. 우리를 태운 배는 돌연 수초더미 위로 삼분에 일쯤 걸치고 멈추어 섰다. 사진을 찍는데 흔들리지 말라는 뜻이 있었다.

여명이 밝아올 무렵이다. 우리보다 먼저 나와 있던 배 한 척이 어부 한 사람을 태우고 있었다. 그 배는 점점 더 우리 곁으로 가까이 다가왔다. 자세히 보니 곱게 전통의상을 차려 입은 어부가 자신의 키보다 훨씬 큰 원뿔형 통발을 들고 희한한 자세로 물고기 잡는 절차를 생생하게 시연해 보여 주었다.

유명 여행 가이드북에서 사진으로 익히 보았던 자세들이 속속 펼쳐졌다. 그는 직업적인 연기자 수준이었다. 오른발로 노를 젓는 것부터 물고기가 있을 법한 수초더미가 자라는 부근에서 기다란 노를 수면 위로 내리침으로써 잠자는 물고기들을 깨우고, 물고기의 움직임이 포착되면 뱃머리에 위태롭게 서서 한 손으로는 노를 잡고 다른

마잉 따욱(Maing Thauk)

손으로는 통발 끝을 잡고 들어 올리는데 이때 그의 발 하나도 들려 통발을 지지한다. 그러니까, 한 발로 뱃머리에 서서 통발을 들어 올려 수평이 되게 한 다음 물고기가 있는 물속으로 내리꽂듯이 처박는다. 내가 보기에는 아슬아슬하다. 그렇게 해서 통발 안으로 물고기를 가두는 것이다. 그 통발을 들어 올리면 그 안에 갇힌 물고가가 파닥거리는 것을 볼 수 있다.

어부의 키는 작고 얼굴은 검게 타 있었으며 우리의 개량한복 같은 인따 족의 전통의상을 입고서 물고기 잡는 순서 그대로 시범을 충실하게 보인 그는, 물고기를 꺼내 파닥이는 모습을 보여주고, 뱃머리에 돌아앉아 담배 한 대를 피워 물며, 무언가 골똘히 사색하는 포즈를 취해 주었다. 같은 배에 탔던 일행들은 이 진귀한 사진들을 찍으며 웃음과 감탄의 소리를 지르느라 정신이 없었다.

사탕수수밭

　현장에서 선주에게 물어 알게 된 사실이지만 그 어부는 우리를 위해서 특별히 선주의 부탁을 받고 조상으로부터 내려온 전통방식으로 물고기 잡는 법을 보여주었던 것이다. 그래서 우리는 스스럼없이 그에게 팁을 건네주었다. 이윽고 아침 해는 높은 산맥을 넘어 떠오르기 시작했다.

　우리를 태운 배는 다시 예정된 코스대로 움직이기 시작했다. 이날 출발했던 선착장으로 돌아온 시간이 오후 3시 20분경이었는데 약 8시간 동안 인따족 어부의 묘기에 가까운 고기 잡는 법을 지켜본 이후로 ①빠웅도우 파야(PhaungDawOo Phaya) ②나빼짜웅(NgaHpe Kyaung) 사원 ③인 떼인(Inn Tein) 유적지 ④쇼핑센터 두 곳(금은세공품 & 기념품) ⑤남판(Nampan) 5일장 ⑥수상가옥마을 ⑦수경재배를 하는 물위의 밭 ⑧마잉타욱(Maing Thauk) 등을 둘러보았다.

여기에서 남판 5일장의 정경이라든가, 인 떼인의 낯선, 수많은 불탑들과, 수상가옥과 생활 등에 대해서는 세부적인 얘기를 해야 하지만 여기서는 생략한다.

숙소로 돌아온 오후 3시 반경, 한 사람은 먼저 만들레이(Mandalay)로 떠날 준비를 하고, 나와 김 선생은 세수만 간단히 하고 곧바로 뚝뚝이를 타고(15,000짯) 마잉 따욱(Maing Thauk)으로 갔다. 숙소로부터 약 11킬로미터 떨어져 있다. 해가 질 무렵에야 현장에 도착했는데, 티크나무 다리를 따라 걸으며 일몰을 볼 수 있는 곳이다. 물론, 다리 좌우측과 끝나는 지점에서 안쪽으로 수상가옥들이 많았는데 여행자들이 먹고 마시고 즐길 수 있는 레스토랑이 유별나게 많았다. 우리는 다리 끝 지점까지 걸어갔다가 돌아나와 뚝뚝이를 타고 숙소로 되돌아오면서 곳곳에 펼쳐진 사탕수수밭에 잠시 내려 들러 보기도 했다. 사탕수수 밭이 장관이었기 때문이다.

우리는 어둑어둑해진 6시 반경에 숙소에 도착했다. 정말이지, 오늘은 노곤노곤한 하루였다. 오늘만큼은 근사한 레스토랑으로 가서 우아하게 저녁식사를 하기로 하고, 숙소 인근 그럴싸한 레스토랑으로 갔다. 「The Ancestor」라는 제목의 레스토랑이었다. 미얀마에 여행 와서 처음으로 home cooked set menu를 주문했다. 12,000짯이다. 음식이 나오는데 시간이 다소 걸렸지만 미얀마식, 그것도 샨족의 전통음식을 맛보는 기회가 온 것이다.

3) 셋째날 : 까웅 다잉 온천(Khaung Daing Hot Spring)에서 목욕하기

오늘은 오후 7시 반경에 버스를 타고 만들레이로 가는 날이다. 낮 시간 최대 12시간이 가용하다. 이 남은 시간에 어딜 가서 무엇을 할까, 생각했다. 오전에는 다 보지 못한 큰 사원 몇 곳을 둘러보고, 오후에는 첫날에 갔던 온천으로 가서 야외온천장 말고 그 옆으로 잘 꾸며진 듯한 시설 안으로 들어가 온천욕을 하거나, 아니면 냥쉐에서 마사지를 받기로 했다. 자전거를 타며 시내를 돌다보니 마사지 업소 간판이 자주 눈에 띄었기 때문이다. 불교 사원이 압도적으로 많은 미얀마이지만 이곳 냥쉐에서는 관광객이 많아서 그런지 관련 업소가 제법 많아 보였다. 게다가, 베트남이나 태국이나 필리핀 캄보디아도 아닌데 과연 마사지를 잘 할 수 있을까 궁금해지기도 했다.

냥쉐 시내를 돌다보면 아래와 같은 전통마사지 업소가 간혹 있다

Thae Su
Traditional Inthar & Shan
Family Massage (In my relax house)
Cooking Class (Home Made Family)

The price is 6000 kyats per hour. Open every day from 8:00 am to 9:00 pm.
Inclusion welcome drink shan green tea & Inthar traditional fried cracker.

Hospital Kyone Yoe Road, Nanpan Quarter (4),
Nyaung Shwe (Inle Lake), Southern Shan State, Myanmar.

Phone 09 428 150 976
E-mail cutesweetgil838@gmail.com
Facebook Thaesu Nyaungshwe

Boat & Canoe Trip, Taxi & Bus, Laundry

결국, 오전에는 시내투어를 하고, 오후에는 온천+마사지를 받는 것으로 정하고 상황 봐가면서 결정하는 게 바람직하다고 생각했다.

오전에 나는 사원 두 곳을 돌았다. 그리고 점심식사를 간단히 하고, 숙소 앞에서 15,000짯에 배를 타고 온천으로 갔다. 물론, 왕복 요금이다. 우리는 세 명에서 5천짯 씩 냈다. 온천에 대한 리뷰는 많으나 긍정과 부정적인 말이 반반 섞여 있었다. 그러나 우리는 가기로 결정했기에 오후 2시 30분에 배편을 예약해 두었다.

온천은 1인 10달러씩을 받고 물 한 병과 타올 한 장과 샴푸 등을 주었고, 탕에 머물 때에 오렌지주스 한 잔씩을 갖다 주었다. 아주 작은 탕 4개가 나란히 있고 지붕이 햇빛을 가려주었지만 낡아서인지 시설들은 유치한 수준이었다. 솔직히 말하면, 입장료 10달러가 너무 아까웠다.

게다가, 온천수의 온도는 표시되어 있으나 물의 함유성분에 대해서는 아무런 설명이 없다. 탕 속의 물이 지하에서 나온 100% 순수한 물이기를 바랄 뿐이었다. 시설이 열악해서인지 입장한 사람들은 적었으며, 중국인들이 좀 있었고, 서양인은 한 명밖에 보이지 않았다.

우리는 샤워를 하고 다시 우리를 싣고 온 배를 타기 위해서 10분 정도 걸어갔다. 저물어가는 오후 햇살을 받으며 호수 물길을 따라 한 사십여 분 바람을 쐬는 것도 나쁘진 않았다. 숙소에 도착하니 두어 시간밖에 남지 않았다. 조금 이른 저녁을 먹고, 짐을 싸고, 버스 픽업차량을 기다리는 것이 옳다고 판단하였다. 그래서 이곳 냥쉐에서의 맛사지는 받지 못했다.

나는 먼저 저녁식사를 하러 갔다. 역시 가격이 좀 비싼 흠이 있었지만 샨주에 왔으니 샨주의 전통적인 음식을 먹고 싶어 밥에 참치를 넣고 볶은 밥에 내가 알지 못하는, 우리의 가는 수삼 같은 식물뿌리와 매운 고추와 여러 가지 향신료가 들어간 음식이었다. 그런대로 먹을 만했고, 만족했다. 평생 먹어보지 못한 음식을 먹어본다는 경험이 소중한 것이다.

나는 오후 7시 32분에 출발하는 버스를 탔다. 이제 만달레이로 무사히 가면 된다. 만달레이까지는 약 260킬로미터로 정상적이라면 6~8시간이 소요될 것이다. 미얀마 제2도시이자 문화도시로 이름이 난 곳이기 때문에 내심 기대 되었던 것도 사실이다.

16

인테인의 쉐인테인 파고다 콤플렉스(Shwe Inn Tein Pagodas Complex)에서

인테인(Inn Tein)은 지명이고, 쉐인테인 파고다 콤플렉스(Shwe Inn Tein Pagodas Complex)는 인테인 지역 코네 마을(Kone Village)에 있는 파고다 군(群) 단지(團地)를 말한다. 인테인은 샨 주의 남쪽에 있으며, 일레호수나 냥쉐 시가지로부터는 서쪽에 위치해 있는데, 나는 냥쉐로부터 보트를 타고 이곳으로 왔다.

보트 선착장에 내리면, 간단한 음식과 커피 등을 파는 상점을 비롯하여 그림 소품 등을 파는 갤러리 등이 있고, 메인 파고다가 있는 쪽으로 안내판을 따라 계속 올라가면 티켓을 파는 곳이 나오고, 계속해서 산기슭으로 오르는, 지붕이 씌워진 널따란 통로가 조성되어 있는데 그 양 옆으로는 옷, 그림, 과일, 액세서리, 엽서, 목각인형, 옥(玉) 제품 등 온갖 기념품을 파는 상점들로 가득 차 있었다.

언덕 위에 있는 메인 파고다까지는 적어도 250~300미터 정도는 되지 않을까 싶은데, 통로 좌우 상점들 때문에 잘 보이지는 않지만 양 바깥쪽으로도 불탑들이 산재되어 있었다. 올라갈 때에는 상점들에 가려져서 몰랐으나 내려오면서 확인할 수 있었다. 그러니까, 언

덕 밑에 있는 마을에서부터 언덕 위까지 불탑들이 꽉 들어차 있었던 것이다.

입구에 세워진 영문 안내판에 의하면, 보도파야(Bodawphaya) 왕 재위 시절에 세워진 비문(碑文)에 근거한다는 전제 아래, 간단한 설명을 붙였는데 문장이 끊기고 불완전하지만 그 핵심 내용을 정리하자면 이러하다. 곧, 이 쉐인테인 파고다가 티리 다마소카(Thiri Dhammasoka:B.C.273~232) 왕이 처음 설립했고, 버간 왕조의 아노라타(Anawrahta:1044~1077) 왕 시절에 더욱 크고 넓게 확대되었다 한다. 그 후 11~18세기에도 건축이나 벽화에 있어서 버간(Bagan)·잉와(Inwa)·냥얀(Nyaung Yan)·꼰바웅(Konboung) 등 여러 양식의 불탑들이 각계 유

쉐인테인 파고다 콤플렉스(Shwe Inn Tein Pagodas Complex)

지(Retainer)들에 의해서 건설되어 명실공히 1,054개의 다양한 불탑들이 조성된 복합단지가 되었다 한다.

나는 일단, 정상에 있는 금빛 찬란한 부처상이 모셔진 파고다로 올라 갔다. 너무나 많이 보아온 불상(佛像)이어서 잠시 살펴보다가 그 옆으로 난 길을 따라 수많은 불탑들이 다닥다닥 붙어 있고, 탑두 부분이 황금색으로 깨끗하게 도금되어 오후 햇살을 받아 반짝거리는 탑들을 내려다보며 왼편으로 내려가 보았다. 그리고 다시 오른쪽으로도 가서 아래를 내려다보았다. 양쪽 공히 아래 사면으로 탑들이 가득 찬 모습이었다.

내려갈 때에는 양쪽 어느 쪽이든 한쪽을 택해 내려가면서 탑들을 살펴봐야 하는데 나는 탑들이 많고 길이 좋은 쪽을 선택했다. 전체적으로 보면, 정상 부근에 있는 탑일수록 새것들이고, 밑으로 내려가면 갈수록 낡은 것들이라는 생각이 들었다. 낡았다는 것은 그만큼 오래되었고 사람의 손길이 잘 가지 않았다는 뜻이다. 그리고 그 모양새도 여러 가지였다. 새로 만든 것일수록 그 내부 공간도 있고, 탑의 아랫부분에는 작은 불상과 기증자의 이름과 국적 등이 깨끗하게 표기되어 있었다. 그리고 오래된 것일수록 그 모양새가 단순한데 무너지다 만 탑들을 보니 속은 온통 붉은 벽돌로 채워져 있었고, 겉면만 회칠이 되어 있었다. 문제는 이것들이 어떤 양식이든, 어떤 재료

를 썼든, 언제, 누구에 의해서 만들어졌든 무슨 의미가 있느냐이다.

내가 생각하기에, 부처의 위신력을 믿는 사람들 가운데 경제적으로 능력이 있는 자들이 일정 금액을 후원하면서 이런 탑들을 세워왔던 모양인데, 어쩌면 죽은 자의 명복을 빌거나 죽지 않았더라도 산 자의 꿈이 이루어지기를 축원(祝願)하기 위한 것들이 아니었나 싶었다. 특히, 아래쪽으로 내려오면 올수록 낡고 무너지다 만 것들이 적잖이 산재되어 있는데, 나의 눈에는 자연환경을 크게 훼손하고 있다는 생각마저도 들었으며, 언젠가는 정비되어야 할 곳이라는 생각도 들었다.

그러나 이곳을 어느 지점에서 한눈에 내려다본다거나 전체를 조망하게 되면 이런 생각도 들 것이다. 부처를 믿는 마음이 무엇인지는 몰라도, 이들 탑을 세운 사람들의 마음 속 깊은 의중이 무엇인지는 몰라도, '대단들 하구나!' 이렇게 지극정성으로써 가장 높게, 가장 견고하게, 가장 화려하게, 가장 빛나게, 탑들을 세움으로써 무언가를 바라고 무언가를 기대한다는 것 자체가 너무나 '인간적이라'는 점이다. 부처의 표현을 빌리면, 이것들이 다 욕(慾)이고 욕(欲)일 뿐이다. 부처는 한사코 '아누다라 삼먁삼보리(Anuttara sammasambodhi)'를 얻어야 한다고 강조했는데 이런 불탑들이 다 무슨 소용이랴. 부처를 잘못 이해한 사람들이 그저 부처를 팔아먹고 있는 장삿속에 지나지 않으며, 내 눈에는 이 장관이 한낱 공동묘지 같아보였음을 고백하지 않을 수 없어 씁쓸하기 그지없었다.

남판(Nampan) 오일장을 둘러보고

남판은 지명인데 오일장이 꽤나 유명하다. 미얀마 샨주 인레호수 동서쪽에 인접한 땅위에서 열리는 장은 장인데 인레호수 위에서 사는 사람들과 육지에서 사는 사람들이 한데 모여 의식주 관련 생필품을 비롯하여 갖가지 공산품들을 사고파는, 비교적 규모가 큰 장이기 때문이다.

인레호수에서 수상가옥을 짓고 살아가는 사람들은 주로 인따족이 많고, 그 주변으로는 샨(Shan) 족·빠오(Pa-O) 족 등이 많은 것으로 알려져 있다. 이들은 소수민족으로 각기 다른 생활문화를 갖고 살아가는데 이 남판 오일장에 가면 두루 다 만나볼 수 있고, 서로에게 필요한 물품들을 팔고 사기 때문에 시장에 나와 있는 물품들을 통해서 이들의 생활상을 엿볼 수도 있다.

나도 이런 호기심으로 일곱 사람 정도가 탈 수 있는 긴 나무배를 타고 와 이곳을 둘러보았는데 이색적인 면도 많지만 시골사람들이

남판 오일장 선착장에 정박시켜 놓은 작은 배들(대형 주차장을 방불케 한다)

살아가는 냄새 물씬 풍기는 정겨운 곳임을 체감할 수 있었다.

호수 위에서 살아가는 사람들에겐 기다란 나무배에 엔진과 키가
부착된, 집집마다 있는 배가 유일한 교통수단이고, 그 배로 사고 팔

물품들을 싣고 오가는데 그 배들을 정박시켜 놓은 곳이, 우리로 말하면 대형주차장 같다. 이를 쳐다보는 것만으로도 사람 사는 곳임을 실감하게 된다.

나를 태운 배 운전수도 요령껏 정박해 놓은 배들 사이로 비집고 들어가 육지로 걸어 나가게끔 도움을 준다. 드디어, 말로만 듣던 남판시장 모서리에 당도했고, 천천히 걸으며 구석구석을 두어 시간 동안에 걸쳐 들여다보았다.

사람이 걸어 다니는 통로는 비좁으나 양 옆으로 상품들이 진열되어 있는데 호수에서 잡은 온갖 민물고기들로부터 땅위에서 사육된

가축들과 재배된 농산물들은 물론이고, 여행자들을 위한 옥 제품과 진주조개에 여러 가지 문양을 새겨 넣은 공예품과 각종 액세서리에 이르기까지 다종다양한 상품을 진열한 가게들이 줄지어 있었다. 뿐만 아니라, 산나물과 야채 과일도 팔고, 기름과 쌀과 빵과 신발과 옷가지 류와 주방기구를 비롯 공산품을 팔기도 하는데 속된 말로 없는 것 빼고 다 있는 시장이었다. 심지어는 시장 안 식당도 분주하고, 만두집도 사람들로 북적인다. 한 마디로 말해, 사람이 살아가는 데에 필요한 것들이 다 나와 있는 듯이 보였다.

이런 시장을 둘러본다는 것은 여러 가지 면에서 의미가 있다고 생각된다. 물론, 혹자는 '한가한 소리한다'고 핀잔을 주기도 하겠지만 나는 개인적으로 시장 둘러보기를 통해서 일상의 의욕을 되찾기도 하고, 또한 많은 생각을 하기도 한다.

첫째는 다양한 사람 구경이다. 샨주 인레호수와 그 주변에 살고 있는 여러 종족들이 다 모여 생필품들을 사고파는 모습을 클로즈업해서 바라보면 그들의 복장, 머리

스타일, 얼굴표정, 웃음소리, 흥정하는 과정의 동작 등에서 생동감을 느낄 수 있다.

둘째는 아이쇼핑 도중에 뜻하지도 않은 요긴한 물건을 사는 즐거움을 누리기도 하고, 향수를 자극하는 맛있는 간식거리나 음식을 사먹는 즐거움도 빼놓을 수 없다.

셋째는 물건을 사는 사람이나 파는 사람 할 것 없이 나름대로 먹고살기 위해서 열심히 노력하는 모습들을 보면서 삶의 의욕이랄까, 생기랄까, 그런 자극을 받기도 한다. 뿐만 아니라, 물건값을 흥정하면서 상대방의 얼굴표정이나 속마음을 읽으면서 서로의 다른 입장을 헤아려주는 따뜻한 인심을 공유하며 위로받거나 만족하는 즐거움도 있다.

내가 식당으로 들어가 빈자리에 앉아 메뉴판을 들여다보니 주인 남자가 얼른 와서 찻주전자에 차를 더 갖다 넣고 보온병을 흔들어보며 물이 있는지를 확인하는 서비스 정신을 발휘한다. 이런 사소한 것들도 다 세심한 배려이고 친절을 베푸는 행위임에는 틀림없다.

나는 이곳 시장에서 진주조개껍질에 코끼리와 나무 등을 새긴 공예품 몇 개를 샀고, 이곳 샨족들이 즐겨먹는, 내가 알지 못하는 식물의 뿌리 등도 확인했으며, 생명이 있는 것들은 다들 살기 위해서 부단히 움직이고 있다는 사실을 재확인하며 일상의 의욕적인 에너지를 충전했다면 지나친 표현일까. 어쨌든, 나는 절기상으로는 한 겨울이지만 봄바람 같은 훈기를 느끼며 아름다운 꽃 한 다발을 누군가에게 갑자기 선물하고 싶어졌다. 그만큼 기분이 좋아졌다는 뜻이다.

장인(匠人)의 손끝에 묻어나는 불심(佛心)

나는 자전거를 타고 냥쉐(Nyaung Shwe)라고 하는 작은, 우리의 읍(邑) 정도 되는 소도시를 산책하던 중 이곳 문화박물관에 들렀다. 박물관의 외관은 검은 티크나무로 지어졌고 낡아보였지만 어딘지 모르게 육중함이 느껴졌다. 이 박물관을 둘러싸고 있는 정원이라고 할 것까지는 없지만 주변의 공터에 뿌리를 내린 나무들이 이 건물의 오랜 역사를 암시해 주듯 우람한 풍채를 느끼게 했다. 알고 보니, 1913년에서 1923년 사이에 지어진 샨주(Shan State)의 샨족 통치자(이를 '샤오파 Saopha'라 부른다)의 왕궁이었던 것이다.

입장권을 끊자 건네주는, 흑백으로 복사된 16절지 한 장이 이곳 박물관을 소개하는 내용의 전부였다. 담당직원의 안내와 화살표 방향으로 좁은 계단을 따라 이층으로 올라가면서 관람을 마치고 내려오는 몇몇 사람들과 마주쳤다.

실내는 조명이 아주 어두웠고, 전시된 유물도 빈약하기 이를 데

없었다. 주로, 왕좌, 왕가의 가구, 왕가의 문화 습속을 엿볼 수 있는 사진들, 샨족의 주거시설(주택) 모형, 왕궁 모형, 왕가의 인물사진, 복식(服飾), 약간의 무기(武器), 농기구 등이 전부였다.

그런데 뜻밖에도 나의 발길을 묶어두는, 이상한 빛깔에 이상한 재질로 만든, 잘 균형 잡힌 불상(佛像)이 하나 있었다. 나는 호기심에 찬찬히 뜯어보았다. 난생 처음 보는 대나무로 만든 좌불(座佛) 상이었다. 좌대 위에 결가부좌한 채 앉아 계시는 부처상들이야 흔히 그렇듯, 머리는 곱슬머리요, 귀는 축 늘어져 아주 길게 보이고, 두 눈은 지그시 내리 감았고, 두 손은 무언가 함의(含意)가 깃든 무드라(Mudra)를 보여주고 있다.

눈·코·입 등도 적절하게 균형이 잡혀 전체적인 얼굴 모습은 아주 훈남으로 보였으며, 상체도 하체도 반듯하니 그 체형이 무척이나 아름다워 보였다. 이것은 분명, 불상이기 이전에 이를 만든 장인(匠人)의 혼(魂)이 깃든 하나의 예술품이었다. 나는 그의 손길을 움직이게 한 그의 마음을 상상해 보았다.

좌대 높이는 45㎝이고, 불상의 높이는 270㎝이다. 곱슬머리에, 최초의 설법(說法)을 하는 뜻이 담긴 '담마차크라 무드라(Dhamachakra Mudra)'를 짓고 있는 이 아름다운 불상은, 2008년 9월에 인레호수 '남후(Namhu)'라는 마을에서 발견되었다는데 이 어둡고 칙칙한 곳에 서이지만 대면할 수 있게 되어 나로서는 영광이 아닐 수 없었다.

대나무로 조성된, 균형잡힌 아름다운 불상

돌연, 나의 마음이 훤해졌다. 미얀마 샨주의 역사를 모르고, 샨족의 문화를 전혀 몰라도 그들이 만든, 아니, 그들이 탄생시킨 이 완벽한 대나무 불상과 대면한 것만으로도 나는 오늘 여행은 만족하고 남음이 있다.

불상(佛像)이라 하면, 우리는 대개 청동(靑銅)이나 나무나 흙 등으로 만들고 그것에 금박을 입히는 것이 많은데 대나무로 만들다니, 그것도 이토록 품위 있게, 격조 있게 만들어 내다니 놀라운 일이 아닐 수 없다. 사실, 그것이 진흙이면 어떻고, 대나무면 어떻고, 황금덩이면 또한 어떠리. 중요한 것은 그것의 재질이 아니라 그것에 부여된 의미와 품격이리라.

나는 이 불상 앞에서 오랫동안 머물며, 이를 만든 장인들의 솜씨와 그 솜씨를 뽑아내게 한 그들의 정신적인 집중력과 그들 마음이 가 닿아있는 부처를 떠올려 보지 않을 수 없었다.

19

만들레이에서 2박3일 여행하기

인레호수의 거점 도시 냥쉐에서 만들레이까지는 약 259㎞인데 장거리버스로 최소 6시간 이상이 걸린다. 나는 오후 늦은 버스를 타고 만들레이(Mandalay)에 새벽에 도착하였다. 만들레이는 미얀마에서 두 번째로 큰 도시로, 제일 큰 양곤이 상업도시라면 이곳은 '문화도시'라고들 흔히 말한다. 그런데 나는 풀 2박3일 동안, 하루는 자전거로, 또 하루는 택시 대절로, 마지막 날 낮 12시간은 오토바이로 내내 쏘다녔지만 '문화도시'라는 말과 어울릴 만한 요소를 찾지는 못했고 느끼지 못했다. 물론, 나의 안목 없음과 무지 탓일 수는 있다. 어쩌면, 이 말이 옳을 것이다.

내 눈에 비친 바로는, ①유명 불교사원이 많고, ②미얀마의 마지막 왕조인 꽁바웅(Konbaung) 왕조(1752~1885)의 왕궁이 있고, ③'만들레이 힐(Hill)'이라 불리는 높은 언덕과 사원들이 있으며, ④쩨조마켓(Zegyo Market)과 금박제조, 나무조각 공예, 실크공방 등 전통공방들이 여전히 남아 있긴 있었다. 그리고 인근에 ⓐ아마라뿌라(Amarapura),

마하무니 파야(Mahamuni Phaya)에 모셔진 부처상

ⓑ잉와(Inwa), ⓒ사가잉(Sagaing) 등의 과거 왕도(王都)가 있고, 세계에서
제일 큰 전탑(塼塔)과 두 번째로 큰 종(鐘)이 있는 ⓓ밍군(Mingun)이 있
다. 뿐만 아니라, 제6차 결집(結集)에서 두각을 드러낸 큰스님 바딴타
비치따 사라비밤사(Bhaddanta Vicitta sarabhivamsa)를 기념하는 사원도
있다.

　　그래서 불교사원과, 과거 영국과의 3차에 걸친 전쟁[①1824~1826(1
차전쟁) ②1852~1855(2차전쟁) ③1885(3차전쟁)]과 식민지로의 전락, 그리고 일
본의 강점(1942.3~1945.8) 등으로 다 폐허가 되다시피 되었지만 과거
왕도로서 성곽 도로 등 극히 일부의 역사적 유적들이 남아 있는 곳

으로 유서 깊은 곳임에는 틀림없다. 이곳 만들레이에서의 2박3일 투어도 이들과의 관계 속에서 전개되는 것은 당연하다.

1) 첫날 투어

오늘은 게스트하우스에서 택시를 불러 5만5천 짯으로 하루 종일 대절하여 그 유명한 아마라뿌라(Amarapura)에 있는 우베인 다리(U Bein Bridge)를 포함하여, 사가잉(Sagaing) 지역의 일부 사원들과 유적부터 돌아보기로 했다. 단, 이곳 만들레이의 상징적인, 아니, 대표적인 사원인 '마하무니 파야(Mahamuni Phaya)'를 먼저 보고서 말이다. 이 마하무니 파야는 미얀마를 대표하는 불교 성지 가운데 분명한 한 곳인 데다가 도심에 있기 때문이다. 이날 택시를 대절하여 내가 돌아본 곳들은 이러하다. 곧, ①마하무니 파야(Mahamuni Phaya) ②사가잉 힐(Sagaing Hill)과 쑤암우 뽄나신 파야(Swam ou Pon Nya Shin Phaya) ③바가야 짜웅(Bagaya Kyaung) ④팰리스 타워(Palace Tower) ⑤마하 아웅메 본잔

만들레이 왕궁(Madalay Royal Palace)

사원(Maha Augmye Bonzan Monastery) ⑥마하간다용 짜웅(Mahagandhayon Kyaung) ⑦제조마켓(Zegyo Market) 등이 그것들이다. 특히, 마하무니 파야에서 만난 노인양반과 쩨조마켓에서 길거리 음식으로 '모힝가(Mohinge)'라 불리는 어죽 비슷한 음식을 단번에 두 그릇이나 먹어치웠던 기억은 잊을 수 없다. 이런 매우 특별한 여행담은 이 딱딱한 글 뒤로 붙이고자 한다.

2) 둘째날 투어

오늘은 게스트하우스에서 자전거를 빌려 타고서 만들레이 시티 투어를 했다. 어두워질 때까지 적지 아니한 사원들과 만들레이 힐(Mandalay Hill)까지 올라갔다 왔다. 이날 내가 둘러본 곳들은 이러하다. 곧, ①만들레이 힐과 수따웅피예 사원(Mandalay Hill & Sutaungpyai Phaya) ②만들레이 왕궁(Madalay Royal Palace) ③꾸또도 파야(Kuthodaw

쉐인빈 짜웅(Shwe in Bin Kyaung) 외관

Phaya) ④산다무니 파야(Sandamuni Phaya) ⑤짜욱또지 파야(Kyauktawgyi Phaya) ⑥쉐난도 짜웅(Shwenandaw Kyaung) ⑦쉐인빈 짜웅(Shwe in Bin Kyaung) ⑧킹 가론 금박제조공장(King Galon Gold Leaf Workshop) 등이 그 것이다. 물론, 나무조각공방(Wood Carving Workshop)을 비롯하여 실크 (Silk), 타패스트리(Tapestry) 마리오네트(Marionettes) 인형공방 등도 있다고 하지만 모두 다 둘러보지는 못했다.

3) 셋째날 투어

오늘은 오토바이를 빌려 아마라뿌라(Amarapura)를 거쳐 멀리 밍군(Mingun)까지 갔다가 돌아와야 하는 날이다. 바로 가도 40킬로미터가 넘는 거리다. 무엇보다 안전이고, 봐야 할 것을 제대로 보는 일이 중요하다는 생각을 하고, 나는 안전모를 착용하고, 작은 배낭을 메고, 조심스레 운전하여 아마라뿌라에 있는 마하간다용 짜웅

꾸또도 파야(Kuthodaw Phaya)의 하얀 불탑들　　　꽃잎이 너무 붉어 나는 슬프다 131

만들레이 왕궁(Madalay Royal Palace)

(Mahagadhayon Kyaung)으로 먼저 갔다. 이곳은 오늘날 1,500명의 승려가 수행을 하고 있는 미얀마 최대의 수도원이기 때문이다. 특히, 오전 10시 이전에 도착해야 점심공양을 받기 위해 긴 줄을 서서 배식 장소로 걸어가고, 배식 받아 식당 안으로 들어가 단체로 식사하는 수행승들의 모습을 지켜볼 수 있기 때문이다. 나도 길가 한쪽에 서 있었는데 스님들이 각자의 처소에서 작은 항아리 같은 자기 발우(鉢盂)를 들고 나와 자연스레 줄을 서서 배식하는 곳으로 행진하듯 걸어가는 모습을 보았는데 어떤 관광객이 서서 걸어가는 스님 한 분에게 지폐를 건네주는 장면을 목격하기도 했다. 물론, 그 관광객은 한국인인 것 같았다. 이날 이 사원으로부터 시작하여 밍군 지역의 여러 사원들을 두루 둘러보았는데 먼저 중요한 것들의 목록이라도 작

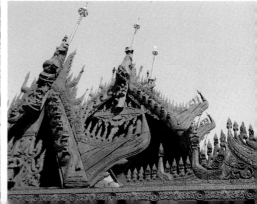

팰리스타워(Madalay Royal Palace Tower)

사원 내부에 있는 신상 조각

목공예의 섬세함을 살펴볼 수 있는 사원의 외관 ↑

티크나무 원목 ↓

사원 내에서 보수공사를 위한 목공예 현장 ↓

성해 밝히자면 이러하다. 곧, ①마하간다용 짜웅 ②우베인 브리지(두 번째) ③밍군 파야(Mingun phaya) ④밍군 벨(Mingun Bell) ⑤신뷰미 파야 (Hsinbyume Phaya) ⑥팔리어 경전 16,000페이지를 외웠다는, 그래서 기네스북에 등재되었다는 스님 관련 조상(彫像)과 사진과 기록들을 전시중인 사원 등이 그것들이다.

이날, 마하간다용 짜웅(Mahagadhayon Kyaung)에서 스님들의 점심공 양을 지켜보고 곧바로 밍군 파야에 도착하자 '밍군-사가잉 고고학 존' 입장권 5,000짯을 징수당했고, 오토바이를 주차시키고, 밍군 대 탑, 밍군 벨, 신뷰미 파야, 16,000페이지 팔리어 경전을 암송했다는 어느 스님의 조상과 관련 기록물들이 전시된 작은 사원에 들렀다.

그리고 돌아 나오면서 현지에서 점심식사로 볶음밥을 사 먹고, 밍 군 대탑의 수호신 격으로 세워졌지만 지진으로 무너져 내린 커다란 사자(獅子) 상을 보고, 타나카 나무로 만들었다는 부채 두 개와 론지(치 마 모양의 미얀마 전통 복식 하의)를 산 뒤 곧장 만들레이로 돌아왔다. 오후 6시 발 몰레먀인(Mawlamyine) 행 예약된 버스를 타야 했기 때문이다.

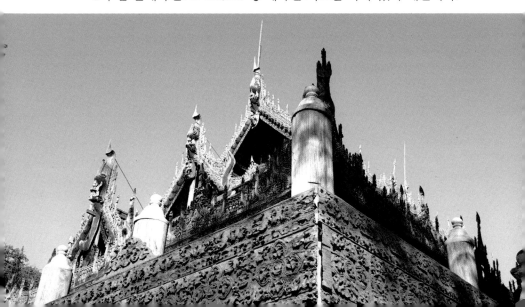

나는 가까스로 숙소에 도착, 샤워도 못한 채 짐을 들고 나와 택시를
타고 터미널에 도착, 무사히 버스에 올라탔다. 아마도, 오래오래 기
억되는 추억이 될 것이다. 시간 내에 도착해야 한다는 조바심 속에
서 시내 고가도로를 내려오다 경찰에 붙잡혔으나 외국인이라고 보
아주기도 했었다. 오토바이 통행이 금지된 고가도로를 모르고 탄 것
이었다. 이날 하루가 가장 긴장되었던 것 같다.

내가 만난 붓다·Ⅱ

-마하무니 파야(Mahamuni Phaya)에서

　이른 아침부터 사람들이 사방에서 몰려들고 있었다. 이곳 만들레이(Mandalay)에서 가장 영험하기로 소문난 마하무니 파야에 모셔진 불상(佛像)에 금박지를 붙이기 위해서다. 동서남북 네 출입문으로 들어온 사람들은 상점으로 가득 찬, 긴 회랑을 따라 각자의 소원을 품은 채 뚜벅뚜벅 불상 앞으로 걸어들 가고 있다. 상점이 끝나는 지점에서는 신발과 양말을 벗고 맨발로 걸어 들어가야 하는데 대다수 사람들은 당연히 그래야하는 줄 알고 잘 따르고 있다.

　불상은 조명을 받아 금빛 찬란하게 보이지만 유리창 안에 갇혀 있었고, 여성들은 더 이상 가까이 접근할 수 없다는 안내판이 세워진 자리까지만 가서 불상의 정면을 바라보고 앉아서 묵상기도를 하거나, 가방에 넣어온 얇은 경전을 펴 나직한 목소리로 읽기도 한다. 혼자서 오는 사람보다는 삼삼오오 함께 왔다가 함께 기도하고 함께 자리에서 일어나 조용히 자리를 떠나곤 한다. 아마도, 가족들일 것 같다는 생각이 들었다.

나도 잠시 그들 속에 끼여 앉아서 불상의 얼굴을 응시하며 생각해 보았다. 지금 내 눈 앞에 펼쳐지는 이 광경은 무엇이란 말인가? 일부의 남성들은 불상에 다가가 금박지를 붙이느라 정신이 없고, 유리창 밖 발 디딜 틈 없는 불상의 정면 좌우 양쪽에는 커다란 모니터가 유리방에 갇혀있는 불상과 바로 그 곁에서 예닐곱 명 이상의 남성들이 금박지를 붙이는 장면을 그대로 보여주고 있다. 한 마디로 말해, 실황이 중계되고 있는 것이다.

막 한국에서 온 신체 건장한 두 명의 그럴 듯한 스님도 그 유리방 안으로 들어가 합장인사하고 금박지를 붙이고 있다. 그동안 사람들이 금박지를 얼마나 많이 갖다 붙였는지 불상의 얼굴만 빼고 온몸이 우둘투둘 튀어나와 이것이 불상(佛像)인지 두꺼비인지 그야말로 한번도 보지 못한 용(龍)의 꿈틀거림인지 알 수 없을 지경이었다.

나는 호기심이 발동하여 자리에서 일어나 그곳으로 들어가 보려고 군중 속을 헤치고 옆으로 빠져나와 두리번거리다보니 작은 출입문이 눈에 띠었다. 그 앞에는 젊은 두 남자가 문지기처럼 서 있었다. 내가 그곳으로 들어가려하자 그중 한 사람이 나의 모자와 배낭을 벗으라며 제지한다. 그래서 더 이상 들어가지 않고 물러나 시계방향으로 한 바퀴 돌며 네 불상을 모두 들여다보았다. 그런데 유독, 동문(東門)을 바라보고 있는 불상만 사람들로 북적이고 있지 남문 서문 북문 쪽의 불상들이 있는 곳은 썰렁할 정도로 사람들이 적거나 없었다. 똑 같은 불상일진대 왜 동문 쪽의 불상에만 북적이는 것일까? 이것 또한 알 수 없는 일이었다.

무엇이 저들로 하여금 금박지를 붙이고, 한낱 조형물에 지나지 않는 저 불상 앞으로 나아가 기도하게 하는가? 나는 다 부질없다고 생각하면서도 여전히 금박지 붙이기에 정신이 팔려있는 저들의 진지한 모습을 오랫동안 바라보았다.

그런데 재미있는 사실 하나는, 이런 현상을 자랑스럽게 여기면서 과거 10년 전, 20년 전, 30년 전의 불상 모습을 사진으로 찍어서 마치 불상의 변천사를 보여 주듯 그 사진들을 쭉 걸어두고 있었다.

도대체, 저들은 불상에 왜 금박지를 붙여대는 것일까? 내가 아는 부처님은, 금은보화를 한낱 깨어진 기와조각처럼 여기라 했는데 무슨 근거로 부처님 형상물을 곳곳에 만들어 모셔 놓고 그에게 헌금(獻金)·헌물(獻物)은 물론, 온갖 정성을 다하여 산 사람처럼 모시는가? 과연, 부처님이 이 땅에 다시 오셔서 이들의 이런 신앙행위를 보신다면 무어라 말씀하실 것이며, 과연 어떤 표정을 지으실까? 나는 머리를 좌우로 흔들면서 벗어놓은 신발과 양말이 있는 곳으로 걸어 나가고 있다.

바로 그때였다. 외국인들이 들어서면 얼른 다가와 티켓을 요구하고, 신발과 양말을 벗으라 하고, 반바지나 신체가 많이 노출된 옷을 입은 사람들에겐 들어갈 수 없다며 입기 편한 '론지'를 빌려 입으라고 권하면서 그것을 사는 값보다 더 많은 돈을 요구하는 이들이 있는, 바로 그들 앞에서 한 노파가 현기증이 심하게 난 듯 구토를 하고 있었다. 그러나 아무도 거들떠보지도 않는다. 그저 잠시 비껴가면 그만이기 때문이다.

내 눈에 들어온 그의 얼굴빛은 심상치가 않았다. 그래서 얼른 다가가 "괜찮으십니까?"라고 묻자, 그는 "괜찮다."며 말했지만 얼굴색은 무척 괴로워 보였다. 나도 모르게 배낭 속의 물티슈를 꺼내 그의 입과 손을 닦아주고 휴지로 대리석 바닥의 토사물을 닦아내고 더러워진 휴지뭉치를 비닐봉투에 담아 쓰레기통에 갖다버렸다. 그리고는 혹시나 해서 다시 그 자리로 돌아와 보니 그가 나를 향해 "물! 물!"을 요구하는 것 같았다. 그래서 나는 지체 없이 배낭 속 물 한 병을 꺼내 뚜껑을 열고 그에게 줬다. 그는 한 모금 정도 물을 천천히 마시고 자리에서 일어났다. 그리고 아주 천천히 발걸음을 옮겼다. 나는 그의 거동을 불안스레 지켜보면서 자연스럽게 그의 뒤를 따라 걸어 나왔다.

문득, 그가 가던 걸음을 멈추고 내 손을 잡으며 오던 길을 향해 나를 돌이켜 세우더니 입을 열었다. "저들을 보아하니 가슴이 답답해져서 견딜 수가 없었고, 말을 한들 무슨 소용이 있겠는가 싶어 속으로 참다보니 속이 메스꺼워지면서 이런 실수를 했다."며 미안하고 고맙다는 말을 덧붙였다. 내가 그에게 "별말씀을 다 하십니다."라고 했더니 그는 말을 잇는다. "과거에 나를 위해 죽림정사를 지어주고, 음식과 약물들을 수없이 보시하고, 심지어는 금으로 된 가사(袈裟)를 만들어 주기도 했지만 나는 그것들을 흙먼지처럼 생각하고 오로지 지혜를 깨닫고 온갖 번민으로부터 자유로워져서 편히 사는 법을 터득하라고 그 방법을 가르쳐 주었는데 이곳 사람들은 허튼 짓만 골라 하고 있으니 어찌해야 한단 말인가."

순간, 나는 몸이 굳어져 버릴 정도로 놀랐다. 아니, 이분이 과거 인도의 '고타마싯타르타'라는 수행자라도 된단 말인가! 나는 반사적으로 그의 야윈 두 팔을 붙잡고 고개를 들어 얼굴을 똑바로 쳐다보았다. 그 생김새는 이곳 미얀마 사람들과 조금도 다를 바 없었고, 얼굴이나 손발이 햇빛에 그을려 새까맣고, 걸친 옷도 누추하기 짝이 없었다. 그런데 이 사람이 과거의 석가모니 부처란 말인가? 순간적으로 이런 생각을 하며, 그의 두 눈동자를 응시하려고 내가 눈을 크게 뜨는 순간, 내 앞에는 뿌연 안개만 드리워져 있어 한 치 앞도 보이지 않았다.

아니, 지금 내게 문제가 있나? 멀쩡한 내가 헛것을 보았단 말인가! 이게 지금 말이나 되는가. 나는 땅바닥에 주저앉고 말았다. 그리고 두 눈을 감을 수밖에 없었다. 한참을 그대로 있었다. 세상이 온통 안개로 뒤덮여 있었고, 분명 그 속에는 울창한 숲이 있었고 새소리도 들렸다. 그리고 맑은 계곡물 흐르는 물소리도 들렸다. 이곳이 어디란 말인가? 내가 내 귀를 의심하고 나를 의심하자 누군가가 뒤에서 내 어깨에 손을 올리며 "이제 빨리 가야지!"한다. 하지만 일어나 보니 내 곁에는 아무도 없었다.

-2019. 2. 23.

마하무니 파야(Mahamuni Phaya) : 미얀마 제2의 도시 만들레이(Mandanlay)에 있는데 1784년 보도파야 왕이 조성한 4미터 높이의 좌불상인데 1884년 화재로 소실된 것을 복원했다 한다. 사람들이 금박지를 붙여대어 본래의 모습이 많이 변형되어 있다.

21

'바딴타 비치따 사라비밤사(Bhaddanta Vicitta sarabhivamsa)' 라는 스님을 생각하며

미얀마 제2도시 만들레이로부터 편도 약 40킬로미터 떨어져 있는 밍군(Mingun)이라는 곳에 가면 The Tipitaka Nikava Upahtaka Association이 설립한 작은 사원이 있다. 그곳에 들어서면, 조금은 생경스럽고 낯선 인물 입상(立像)이 제일 먼저 방문객을 맞이한다.

그는 호리호리하고 키가 커 보이는데 빡빡 깎은 머리에 다른 스님들과는 다른 가사를 걸치고, 어울리지 않는 검은 테 안경을 쓰고 있으며, 둥글고 커다란 부채를 왼손으로 들고 서 있는데 두 발에는 맨발이 아닌 조리가 신겨져 있었다. 큰스

님으로 불리는, 밍군이 낳은 삼장법사, 바딴타 비치따 사라비밤사 (Bhaddanta Vicitta sarabhivamsa)이다.

이 사원 내의 기록에 의하면, 1954년 5월부터 1956년 5월까지 만 2년 동안에 미얀마 양곤의 마하빠사나 동굴(Mahapasana Great Cave)에서 개최된 제6차 종교회의(結集)에서 16,000페이지의 경전을 척척, 그러니까, 조금도 걸림이 없고 제 시간에 맞게 암송함으로써 참석자들을 깜짝 놀라게 했으며, 1985년도 판 기네스북 16페이지에 '큰스님의 놀라운 직관적 기억력'에 대해 언급, 기록되어 있다고 한다.

물론, 이 같은 일은 그 이전에는 지구상 어디에서도 찾아볼 수 없었다는데 그의 뛰어난 직관적 기억력과 노력이 받쳐 주었기 때문에 가능했던 것으로 보인다. 요즈음에는 '포토그래픽 메모리 (Photographic Memory)'라 하여 그 방법과 요령을 가르치는 사람도 있지만 현지 사람들은 그의 그런 능력을 기념하고 널리 홍보하기 위해서 관련 협회를 조직, 운영하고 있다.

여하튼, 인간의 직관적 기억력이 어디까지 발전할 수 있을지 모르겠지만 나는 그의 노력과 집중력에 경의를 표하지 않을 수 없다. 한때 가수면 상태에서 경전을 넘기면서 부분적으로 읽고 분석하던 과거 내 시절을 생각하면 더욱 그러하다.

그러나 그런 그도 생로병사 과정을 피하지 못한다는 사실을 스스로 생생하게 입증해 보여주듯 그의 연령대별 인물사진과 활동사항

바딴타 비치따 사라비밤사(Bhaddanta Vicitta sarabhivamsa) 입상

등을 정리 기록하여 전시하고 있다. 뿐만 아니라, 그를 기념하는 형상물에서 보듯 검은 테에 검은 빛깔의 선글라스를 착용한 것으로 보면 노년의 눈에 이상이 생기지 않았나 하는 추측을 가능케 한다. 그곳 사원에 도착하여 둘러볼 때에 앉아 계시던 스님에게 물어나 볼 것을 그러지 못한 게 아쉽기 짝이 없다.

지금 와서 뒤돌아보니, 16,000페이지 경전을 암송할 수 있었던 그의 특별한 기억력이 곧 그가 평생 쌓아올린 공든 탑이라 한다면 당신의 탑은 무엇인가? 나는 나 자신에게 묻지 않을 수 없다. 물론, 평생 시를 써온 나는 시 작품들이 곧 나의 공든 탑이 되겠지만 그 탑이 삼장법사의 그것처럼 놀라운 것이며, 과연 그럴만한 의미와 가치가 있는 것인가? 나는 그의 공든 탑을 우러러 바라보며, 그의 치열했던 삶을 상상해 본다.

내가 만난 붓다·Ⅲ

- 우 베인 다리 위에서

나는 세상에서 가장 오래되고 가장 긴 나무다리 위를 아주 천천히 걷고 있다. 어쩌면, 4, 50년 전 과거로 돌아가 한가롭고 여유로운 시골길을 산책하듯 심신의 긴장을 풀고 편안함을 즐기고 있는 상황인지도 모른다. 그런데 나만 이곳을 걷는 게 아니다. 수많은 사람들이 이곳에서 아름다운 일몰을 보겠다고 해가 지기도 전부터 미리들 몰려와 좋은 자리를 차지하려고 포진해 있는데 이런 광경은 나도 태어나서 처음 본다.

남북으로 길게 뻗어 있는 이 티크나무 다리 동편으로는, 조금 과장하면, 수백 척의 나룻배가 카메라를 목에 건 사람들을 태우고 길게 꼬리에 꼬리를 물고 늘어서 다리와 평행이 되도록 대열을 형성해 가고 있고, 각국에서 온 다국적 인파는 다리 위를 걷고 있거나, 아니면 다리 밑 물에 잠기지 않은 뭍으로 내려가 무리지어 서있거나 꽃밭에서 사진들을 찍느라고 온갖 포즈를 취하고 있었다. 그런가하면, 다리 밑 노천카페에 앉아 커피를 마시거나 가벼운 다과를 즐기면서

우베인 다리(U Bein Bridge) 전경

해가 지기를 기다리며 한담(閑談)을 나누기도 한다.

뿐만 아니다. 인근에 살고 있는 현지인들과 자줏빛 가사를 걸친 스님들도 군중 속에서 느긋하게 다리 위로 오가며 대화를 나누고 있고, 다리 양 끝 지점에서는 매일매일 몰려오는 새로운 사람들을 상대로 갖가지 상품을 파는 상점들로 시장을 방불케 하고 있다. 그리고 일몰시간에 맞추어 관광객들을 태우고 온 대형버스와 택시들과 오토바이 등이 다리 밑 한쪽 공터로 어지럽게 주차되어 있고, 곳곳에서 사람들이 저마다 움직이는 모습은 한 폭의 초대형 풍경화를 보는 것만 같다. 한편, 다리 위에서는 서로서로 사진을 찍어주고 찍느라 북적거리고, 쉬어갈 수 있도록 만든 긴 의자가 마련된 정자 같은 쉼터에서는 그림을 그려 파는 화가들이 자신의 작품들을 전시하기도 하고, 다리 한 쪽 난간에서는 돈을 구걸하는, 보기 드문 장애인들도 눈에 띤다.

나는, 오늘따라 유난히 크고 붉은 태양이 호수의 수면을 붉게 물들이고, 서녘하늘의 엷은 구름띠까지도 붉게 물들이는 것을 보면서 잠시 가던 걸음을 멈추고 멀리 하늘과 호수와 들판과 불탑들이 만들어내는 스카이라인을 조망하고 서 있다. 그러면서 이곳 미얀마 만들레이 인근 과거 왕도로서의 아마라뿌라의 영광을 잠시 떠올려 보기도 한다.

그렇게 내가 한눈을 팔고 있을 때에 "엇, 저게 뭐야?", "저것들 좀 봐!", "무슨 새가 저렇게 큰가?" 등등 이곳저곳에서 놀라운 비명에 가까운 소리들이 터져 나온다. 이런 놀라움의 소리들은 거의 동시다 발적으로 사방에서 들려왔다. 내가 고개를 돌리자 사람들의 휘둥그 레진 눈동자들과 하늘로 날아오르고 있는 스님들의 붉은 가사 같은 것이 정말이지 커다란 새처럼 공중으로 날아오르는 게 보였다. 정 말, 놀라운 일이었다. 아니, 신기한 일이 아닐 수 없다. 저 가사들이 누구의 것이며, 어떻게, 왜, 하늘로 새처럼 날아오르는 것일까? 아 니, 주변에 있는 스님들의 가사는 그대로 걸쳐진 채로 있질 않은가. 그렇다면, 도대체 어디서 온 가사란 말인가.

다리를 중심으로 동서남북 사방에서 수없이 떠오르는 가사들은 높이높이 오르다가 무리지어 까만 새떼처럼 서쪽하늘로 멀어져 간 다. 이런 모습은 분명 일찍이 본 적이 없는 장관임에 틀림없었지만 이를 지켜본 사람들은 "우리가 꿈을 꾸고 있나?", "이상한 일이다!" 며 서로의 놀란 얼굴들을 확인하면서 불길한 생각마저 드는지 다들 서둘러 발길을 돌리기 시작했다.

붉은 태양은 어느새 사라지고 점점 짙어지고 번지어 가는 핏빛 여 명이 하늘과 땅을 온통 붉게 물들이고 있을 무렵, 그 많던 사람들도 일제히 자리를 비우고, 다리의 뼈대만 남아 여명 속에서 더욱 검게 빛나고 있었다.

너무나 기이한 현상을 목격한 나는, 홀로 천천히 걸어 나왔다. 살 만큼 산, 이 나이에 두려울 것이 무엇이 있으며, 종교 경전 문장 상 으로 존재하는 초자연적 현상 따위를 믿지도 않는 내가 아니던가.

나는 이런저런 생각을 하며 가던 길을 걸어 나오고 있는데 자꾸만 침침해져가는 내 눈을 의식하지 않을 수 없었다. 나는 눈을 비벼가며 다리 끝 지점까지 한 백 미터 정도 남겨 둔 지점에 이르렀는데 텅 빈 다리 위에 앉아서 홀로 울고 있는 동자승 한 명이 눈에 들어왔다. 하지만 그 동자승 주변으로는 노란 빛이 감싸고 있었다. 나는 이상하다고 생각되어 빨리 가까이 다가가 보려고 걸음의 속도를 내었지만 좀처럼 그 거리가 좁혀지지 않았다. 나는 그로부터 눈길을 떼지 않으려고 애 쓰며 계속 걸었다. 아니, 뛰다시피 했다. 그런데 눈 깜짝할 사이에 없던, 동자승의 호위무사들인지 건장한 사람 다섯 명이 홀연히 나타나 그를 에워싼 뒤 함께 어디론가로 걸어가고 있었다. 분명, 처음에는 천천히 걸어가는 듯 보였지만 동자승을 에워싼 다섯 명의 호위무사 같은 사람들은 붉은 여명 한 가운데로 빨려 들어가듯 점점 작아져서 검은 점 다섯 개가 하나가 되었고, 이내 그 점조차 사라져 버리고 만다. 이 무슨 해괴한 현상이란 말인가.

나는 울던 동자승과 다섯 명의 호위무사들을 삼켜버린 그 여명을 오래오래 바라보았지만 세상은 텅 빈 것 같았고, 그렇게 잘 보이던 분주한 사바세계조차도 움직이는 것 하나 없이 깊은 침묵 속으로 가라앉았다. 문제는 내 눈이 더 침침해져 가고 있고, 이제는 가야 할 앞길조차 흐릿흐릿 어슴푸레 보인다는 사실이다. 드디어 '내 눈에 이상이 생겼나' 의심하며 나는 눈을 감았다 떠보고, 비비고 비벼도 보았지만 조금도 호전되지 않고 오히려 더 흐려지는 것만 같았다. 급기야 당장 가야 할 길조차 어둠이 지배하는 것 같았다.

나는 갑작스런 어둠속에 갇혀서 태연하게 중얼거린다. "내게 죄가 있다면 당신을 의심하고 당신을 불신했다는 사실일 것이고, 내게 희망이 있다면 당신을 누구보다도 더 절박하게 찾고 기다렸다는 사실이라네." 그리고 걸음을 떼려하자 앞이 캄캄하여 아무것도 보이지 않았다. 나는 잠시 그대로 서서 두 눈을 감았다. 한 일분이 지났을까, 누군가가 내 곁에 바짝 붙어 서있었다. 하지만 그는 아무 말도 하지 않았다. 나는 본능적으로 그의 팔소매를 붙잡았다. 그러자 그가 천천히 발걸음을 옮기었다. 그렇게 얼마를 걸었을까? 발바닥에 닿는 감촉이 바뀐 것으로 보아 다리를 건너 육지로 내려온 듯 판단됐다.

---

*우베인 다리(U Bein Bridge) : 아마라뿌라(Amarapura)에 있는 타웅타만(Taungthaman) 호수를 가로지르는 티크나무 다리로 1849~1851년에 걸쳐 '우 베인'이라는 사람이 조성했다 한다. 높이는 3미터, 폭은 2미터, 길이는 1200미터이며, 마하간다용 짜웅(Mahagandhayon Kyaung)이 있는 아마라뿌라에서 이 다리를 건너면 짜욱또지 파야(Kyauktawgyi Phaya)가 있다.

불탑을 쌓다가 치욕을 초래한 미얀마

미얀마 역사상 가장 화려하게 불교문화를 꽃 피웠던 시기는 역시 버간(Bagan)왕조였다고 말할 수 있다. 버간왕조(1044~1369)는 제42대 (초대) 아노라타(Anawrahta) 왕이 즉위한 1044년부터 원나라의 쿠빌라이 칸의 침략으로 온전히 망하는 1369년까지 325년이란 짧은 기간에 12명의 왕이 통치하는 역사를 일구었지만 버간 지역 19평방마일 안에 4,000개의 불탑이 세워졌고, 현재까지 남아있는 것만도 약 2,500여 개로 집계되었다고 한다. 그런데 불행하게도, 13세기에 접어들면서부터 지방재정 악화, 사이비 승려들의 기승, 왕권싸움 등으로 통치 기반이 약화된 데에다가 원(元) 나라의 쿠빌라이 칸의 침략을 받고 힘없이 무너지고 말았다.

그리고 1131년 제45대(제4대) 알라웅시투(Alaungsithu:1113~1167) 왕이 건립한 쉐구지 구파야(Shwegugyi Guphaya)와 1170년 그의 아들인 제46대(제5대) 나라투(Narathu:1167~1170) 왕이 건립하다가 죽임을 당함으로써 온전한 마무리를 짓지 못하고 만, 그 유명한 담마양지 구파야(Dhamayangyi Guphaya)가 왕권 관련 패륜의 역사적 사연을 진하게 담고 있다.

그리고 꽁바웅 왕조(Konbaung:1752~1885)의 보도파야(Bodawpaya :1782~1819) 왕이 1790년에서 1797년까지 짓다가 만 밍군 대탑 (Mingun Phaya)이 있는데 미완성에 그쳤을 뿐만 아니라 공사에 동원된 노동자들이 혹독한 노동에 시달리다 못해 라카인 족 천여 명이 라카인 아쌈 지역으로 탈출하게 되는데, 이 사건으로 왕의 군대가 이들을 추격하는 과정에서 국경을 넘었다는 이유로 당시 인도를 식민지 배하고 있던 영국군과의 전쟁 빌미를 제공하게 된다. 그런 일이 있고 난 후 1824년, 1852년, 1885년 세 차례의 전쟁으로 미얀마는 영국의 식민지(1886~1948)가 되고 만다.

당시 보도파야 왕은, 왕권 강화와 내부 결속을 다지기 위해서 세계 최고의 152미터 높이의 탑을 세우려 했지만 70여 미터 정도에서 공사가 중단되었고, 1838년과 1956년의 지진으로 파야 정면 좌측과 우측 옆 뒤쪽이 크게 무너져 내린 상태이며, 그 대탑 앞으로 세워진 수호신 격인 사자(獅子) 상 두 마리도 크게 파손되어 있는 상태이다. 붕괴 위험으로 통제되기 때문에 현재는 정면에 있는 부처상 정도를 겨우 들여다 볼 수 있는 상태이다.

그런가 하면, 1057년에 버간의 아노라타 왕이 미얀마 남쪽 지역에 몬족이 세운 따툰(Thaton) 왕국을 침략, 정복하는데 정복당한 따툰 왕국의 마누하(Manuha) 왕 입장에서 보면 그놈의 불교 경전을 필사해

쌓다 만 밍군 파야가 지진으로 무너진 현재의 모습(2019년)

주지 않아서 생긴 일이다.

이처럼 미얀마 땅에는 불교가 아노라타 왕이 전국을 통일하기 이

전부터 들어와 있었는데 전국이 통일된 후 더욱 활짝 꽃을 피웠고,
11명의 왕이 재위한 꽁바웅 왕조(Konbaung:1752~1885)의 제10대 민돈
왕(Mindon:1853~1878) 때에도 많은 불교 사원과 불탑들이 지어졌고,

꾸투도 파야(Kuthodaw phaya)의 불상

흰색 불탑들

왕궁까지 새로 지어 아마라뿌라에서 만들레이로 천도(遷都:1861)하였으며, 제5차 결집(結集)을 주도하였다. 이 결집이 이루어진 곳이 바로 만들레이에 있는 꾸투도 파야(Kuthodaw phaya)인데 결집에서 채택된 내용을 729개(410:경, 111개:율, 208개:논)의 흰 대리석 판에 팔리어로 새기고(1860~1868), 그 대리석 판들을 사면에 아치형의 문이 달린 흰색 불탑 안에 모셔 놓았다. 그 흰색 불탑들이 일정한 간격으로 쭉 세워

대리석 판에 새겨진 팔리어 경전

져 있는데 각 불탑 문들에는 철문에 자물쇠가 채워져 있었다. 마치, 1232년 몽골군의 침략으로 초조대장경(初雕大藏經)이 불타 없어지자 당시 집권자인 최우(崔瑀) 등을 중심으로 대장도감을 설치하고 16년 만인 1251년 해인사대장경을 완성하였던 것처럼 불력(佛力)으로 국난을 극복하고자 더욱 불사(佛事)를 펼쳤을 것이다.

그런가 하면, 이 꾸투도 파야

대리석 판을 확대한 모습 →

(Kuthodaw phaya) 가까운 곳에 산다무니 파야(Sandamuni phaya)가 있는데 이 사원에도 왕권 관련 패륜의 역사가 숨겨져 있다. 곧, 민돈 왕이 자신의 후계자로 동생인 카나웅(Kanaung)을 지명하자 민돈 왕의 두 아들이 후계자로 지목된 카나웅과 각료를 암살하였다. 그래서 민돈 왕이 동생을 추모하기 위해서 이 사원을 짓고, 삼장(三藏)을 대리석 판 1,774개(이 중 2개는 제작과정의 역사 기록)에 새기고, 그것들을 일일이 불탑 안에 모셔 놓았다. 결국, 민돈 왕의 뒤를 이은 그의 아들 티보(Thibaw)는 영국과의 제3차 전쟁에 패함으로써 비운의 마지막 왕(1878~1885)이 되고 말았을 뿐 아니라 62년간 영국의 식민지가 되고만다.

지구촌의 인류사가 말해주듯, 불탑이나 십자가가 외세 침략을 물리칠 수 있는 방패가 되어 주지 못하며, 평화를 보장해 주지는 못한다. 그러나 국민들의 마음을 하나로 묶어 두는 데에는 어느 정도 기여했으리라 본다.

'모힝가(Mohinga)' 두 그릇을 노점에서 먹어치우다

만들레이에서 택시를 대절하여 하루 종일 쏘다니던 날, 마지막으로 쩨조마켓에서 운전기사와 헤어졌다. 만들레이 최대시장을 둘러보고 저녁식사를 하기 위해서였다. 시장은, 널따란 차도 양쪽 건물엔 상점들이 들어차 있고, 차도를 점령한 채 임시상점들이 중앙통로를 빼고는 가득 차 있었다. 제일 먼저 눈에 띠는 것은 먹을거리를 파는 길거리 음식점들이고, 과일 야채 등을 파는 식료품점들이며, 공산품들을 파는 거리는 안쪽으로 붙어 있었다. 물론, 공산품 중에 제일 많이 차지하는 것은 역시 의복류였다. 나는 특별히 살 물건도 없으면서 한 바퀴 돌아보고 나오는데 어느 건물 앞 인도(人道)를 다 차지한 채 세 남자들이 김이 무럭무럭 나는 커다란 찜통과, 빈 그릇과 양념 통 등을 쌓아놓은 식탁을 펴놓고 음식을 팔고 있었는데 모힝가(Mohinga)였다. 그 주변으로는 작은 식탁과 의자 몇 개가 놓여 있었고, 젊은 남녀 한 쌍과 중년의 남성들이 먹고 있었다.

사실, 모힝가는 미얀마에 가면 꼭 한 번 맛을 보겠다는 생각을 했었고, 오늘 드디어 자연스럽게 맛볼 수 있는 기회가 온 것이다. 모힝가를 파는 음식점이 없는 것은 아니지만 드물다는 판단이 들었으며, 비록, 노점이었지만 나는 맛을 보기로 하고 한 그릇을 주문했다.

대충 훑어보니, 저 커다란 찜통 속에 모힝가 육수가 들어있고, 어쩌면 그것은 집에서 끓여 나오는 것 같았고, 이미 삶은 국수를 따뜻하게 보관하고 있다가 주문하게 되면 그릇에 육수와 국수를 넣고 그 위로 향신료로서 고수풀을, 이곳 말로 '난난빈(coriander)'을 조금 얹어주는 것 같았다. 물론, 고춧가루나 소금을 원하면 따로 통을 갖다 준다.

세 사람 가운데 키가 작고 젊은 한 사람이 주로 일을 하는데 어둑

모힝가를 파는 길거리 간이음식점 : 왼쪽에서 두번 째 키 작은 사람이 요리사임

어둑해진 때라 그 사람이 음식을 내놓는 동작을 한눈에 지켜볼 수는 없었지만 금세 주문한 모힝가 한 그릇이 나왔고, 나는 조심스레 숟가락으로 떠 맛을 보았지만 어디선가 많이 먹어본 것 같은 친숙함이 느껴졌다. 그래서 잘 저어 먹기 시작했는데 너무나 부드럽고, 비린내도 나지 않았으며, 우리의 어죽과도 같은 맛을 내었다. 나는 단숨에 한 그릇을 뚝딱 먹어 치우고서 아쉬운 듯한 생각이 들어서 한 그릇을 더 주문했더니 웃으면서 또 금세 대령한다. 나는 다른 사람들이 한 그릇을 먹을 때에 두 그릇을 먹어 치웠다. 후룩후룩 마시듯 먹다보니 한 그릇 먹는 사람보다 두 그릇을 더 빨리 먹었다. 내 입맛에 맞지 않으면 원천적으로 불가능한 일이지만, 나는 분명 너무나 맛있게 먹었다. 국물도 부드러웠지만 국수도 아주 부드러웠는데 이 부드러움을 두고 다른 사람들은 국수가 불어터졌다고 말할지도 모르겠다.

하지만 꼭 그런 것 같지는 않고, 메기나 민물고기를 갈아서 육수를 만드는데 양파와 바나나, 생선 젓갈 등이 들어가기 때문일거라는 생각이 든다.

어쨌든, 나는 두 그릇을 먹고 자리에서 일어나면서 미얀마를 떠나기 전에 다시 한 번 더 먹어야겠다는 생각을 했고, 머릿속에서는 처갓집 동네인 경남 함양에 갈 때마다 즐겨 먹는 시장통의 어죽과 비교하고 있었다.

새를 파는 이는 누구이고
새를 사 풀어주는 이는 또 누구인가

만들레이에서 자전거를 타고 시내 사원들을 둘러보는 가운데 짜욱토지 파야(Kyauktawgyi phaya)에서 목격했던 일이다. 나는 이 사원에 안치된 옥(玉)으로 만들었다는 좌불상 만을 보고 돌아나오다가 입구 쪽에 쉼터가 있어서 그곳 벤치에 앉아 쉬고 있었다. 그런데 한 젊은 이가 그물로 씌워진 반원통형 용기 속에 작은 새들을 넣어가지고 와 로비처럼 꾸며진 통로 중앙에 놓고서 사람들을 기다리고 있었다. 나는 뭐하는 사람인가 한참을 쳐다보았는데 모자지간(母子之間)인지 어린이를 대동한 한 여성이 오더니 그 젊은 이에게 돈을 주고 새 한 마리를 건네받는 게 아닌가. 새를 건네받은 여인은 한쪽으로 걸어가더니 손에 쥐어진 새를 공중으로 던지듯 날려 보내는 것이었다.

'아, 방생(放生)이로구나!' 방생! 우리나라에서도 불교 신자들이 거북이나 물고기들을 구입해서 방생한답시고 풀어주는 행사들을 한다. 뿐만 아니라, 중국에서도 방생이란 개념으로 거북이와 물고기를 파는 시장과 연못이 함께 있음을 보았고, 실재로 방생하는 사람들을

새를 사고 파는 모습

지켜 볼 수 있었다. 소위, 부처의 대자대비(大慈大悲)를 실천하는 상징적인 행위인 것이다.

솔직히 말해, 죽을 수밖에 없는 여건이나 상황에 놓인 인간이 아닌 생명체를 그로부터 해방시켜 주는 행위가 곧 '방생'이고, 그 대상이 인간인 경우에는 '구원'이 되는 셈이다. 이런 행위에는 살생(殺生)하지 말라는 부처의 계율을 적극적으로 실천하는 행위인 셈인데 이것이 요식행위로서 그치는 경향이 다분하기에 문제가 되는 것이다.

진정으로 모든 생명체를 존중하고 동등한 조건에서 받아들이고 이해한다면 내가 살기 위해서 살생도 하지 말아야 할 뿐 아니라 타자에 의해 살생된 일체의 것들도 먹지 말아야 옳다. 그러나 이는 거의 불가능한 일이다.

나는 개인적으로 인도(印度)에서 수행자가 이를 실천하기 위해서 달걀조차, 심지어는 식물의 뿌리조차 먹지 않음으로써 피골이 상접한 채 스스로 식사할 수 없는 상황에 놓여 타인의 도움을 받고 있는 경우를 보았다. 이 또한 타인의 생명을 수고스럽게 하는 것으로서 바람직하다고는 볼 수 없다.

내가 이곳 만들레이에 있는 짜욱토지 파야에서 본 것처럼 ─ 물론, 양곤의 쉐다곤 파야에서도 보았지만 ─ 새장에 갇힌 새를 사서 풀어주는 행위나 거북이를 단체로 구입해서 지정된 날 지정된 장소에서 풀어주는 행위는 그 본질이 조금도 다를 바 없다고 생각한다. 진정으로 대자대비심이 있어서 생명을 존중한다면 그런 형식적인 행위보다는 자신의 일상 모든 면에서 생명 존중의식이 자연스럽게 실천되어야 할 것이다. 나와 다른 사람들과의 관계에서나, 나와 다른 생명체들 간의 관계에서 말 하나 하나 행동 하나 하나가 최소한 그들에게 직간접의 피해를 끼쳐서는 안 될 뿐만 아니라 그들을 위해서라면 내가 먼저 자신의 욕구를 억제해야 하고 경우에 따라서는 내가 먼저 자신을 희생시켜야 한다.

그런데 이 같은 엄청난 일이 어떻게 실천되겠는가. 거의 불가능한 일임에 틀림없다. 그러다보니, 부처의 가르침이 형식적인 행위로만 굳어져 보여주기 식의 위선으로만 남아 있는 것이고, 실생활은 따로 존재하는 것이다.

그렇듯, 보란 듯이 새장의 새를 방생하는 행위나, 다른 고기는 잘 먹으면서 유독 개고기만을 먹지 않으며 '살생금지'나 '대자대비'를 운운하는 것이나, 관세음보살이나 아미타불을 연호하는 행위나, 티베트 불자들이 경전통을 돌리는 행위 등도 알고 보면, 그 굳어진 형식적인 행위에 지나지 않음을 부인할 수 없으리라 본다. 이처럼 부처의 가르침을 믿고 따르는 불교신자들이 있는 중국이나 우리나라나 미얀마나 할 것 없이 부처님 말씀을 편리하게 임의로 해석하며 얼마나 관념적으로만 생각해 왔는지를 뒤돌아보게 한다.

고기를 파는 이가 있으니 먹는 이가 있고, 먹는 이가 있으니 고기 파는 이도 있는 법이다. 그렇듯, 새를 사 날려 보내는 이가 있으니 새를 잡아 파는 이가 있고, 새를 잡아 파는 이가 있으니 사서 날려 보내는 이가 있다는 사실을 상기할 필요가 있다. 양자는 도토리 키재기에 불과하며, 부처님의 진정한 가르침 곧, 계(戒)·정(定)·혜(慧)·보시로 요약되는 수행(修行)을 통해서 서로 용서하며 베풀면서 잘 사는 일이 무엇보다 시급하고 중요함엔 틀림없다.

---

*짜욱토지 파야(Kyauktawgyi phaya)
민돈 왕에 의해 1853년에 공사가 시작되었으나 25년 만인 1878년에 가까스로 완공되었는데 그 이유인 즉 민돈 왕의 두 아들에 의한 후계자였던 민돈 왕의 동생 카나웅을 암살하는 사건이 발생, 공사가 중단되었기 때문이다. 이 파야 안에는 옥으로 만든 좌불상과 법당 주변으로 80명의 아라한 조상(彫像)들이 배치되어 있다. 이들의 특징은 무드라(손동작)를 강조하는 경향이 있다는 점과 입상과 좌상이 섞여 있다는 점이다.

착한 마음이 되레 화를 부르다

만들레이에서 자전거를 타고 시내 사원들을 둘러보는데 '마하 아투로이안 짜웅(Maha Atulawiyan Kyaung)'이라는 이름의 사원에 들어가기 위해서 한쪽에 자전거를 세우고 잠금장치를 채우고 사원 입구에서 신발과 양말을 벗고 들어가려할 때 동행하던 김 선생이 "아, 음료수나 한 병씩 마실까?" 했다. 그래서 나는 "다 보고 나오면서 마시자."고 했다. 그랬더니 김 선생은 "꼭 마시고 싶어서라기보다는 저 입구에서 장사하는 할머니한테 사주고 싶어서…" 하며 말끝을 흐렸다.

나는 아무 생각 없이 그냥 안으로 들어섰다. 안쪽으로 들어가자 바로 입구 게시판에 이 사원에 대한 설명문과 옛 사진이 붙어 있었다. 이를 더듬더듬 읽으며, '아 그렇구나' 생각하며, 실내체육관이나 대강당을 떠올리게 하는 법당 중간 우측으로 있는 굵은 기둥에 기대어 앉아 잠시 쉬면서 배낭 속 가이드북을 꺼내 이 사원에 대한 글을 읽었다. 가이드북의 설명이 곧 이곳 게시판에 붙은 영문 설명문 내용과 크게 다르지 않다는 사실을 확인하면서 고개를 끄덕였다.

바닥과 기둥이 차갑게 느껴졌다. 아니, 상대적으로 시원하다고 생각됐다. 1월 하순으로 접어드는 때이지만 이곳의 바깥은 우리의 여름 날씨이기 때문이다. 나는 그 시원함을 체감하면서 잠시 눈을 감고서 지금 내가 어디에 와 있음을 스스로에게 환기시켰다. 그리고는 아주 잠깐 사이에 졸았다. 기둥에 기대어 앉아서 두 다리를 쭉 뻗고 쉰다는 게 편하기도 했지만 몹시 피곤했던 모양이다. 하루에 불교 사원 예닐곱 군데 정도 다니다보면 쉬이 피로해진다. 나는 내가 잠시 자신도 모르게 졸았다는 생각을 하면서 자리에서 일어나 법당 끝에 안치된 불상 앞으로 걸어갔다. 부처 상 머리 쪽으로 후광을 나타내려는 듯 조명장치를 해서 번쩍번쩍 빛이 나는 게 내게는 오히려 이상하게 느껴졌지만 나는 불상 앞에서 눈을 맞추고 텅 빈 공간을 돌아나왔다. 동행인 김 선생은 지적 탐구욕이 매우 강한 사람으로 세 번째 미얀마를 방문했지만 구석구석 살펴보느라 나보다 늦게 나왔다.

먼저 나온 나는 다시 양말과 신발을 신고, 자전거가 세워진 곳으로 가서 기다렸다. 이윽고 김 선생이 나왔다. 사원 입구에서 음료수를 파는 할머니한테로 가서 음료수를 사고 있었다.

대개, 사람들이 많이 찾는 사원 입구에는 음료수·과일·꽃 등을 파는 노점들이 늘어서 있다. 아주 큰 사원은 들어가는 긴 통로에 갖가지 기념품을 비롯하여 사원 내에서 필요한 물품들을 파는 상점들이 아예 입주해 있다. 사원을 중심으로 상권이 형성된 것처럼 내 눈에는 비쳤다. 크고 유명한 사원일수록 상점의 규모도 컸다.

음료수 두 캔을 사는데 실랑이가 벌어졌다. 김 선생은 일부러 할머니한테 사주겠다는 마음으로 간다고 했었는데 실랑이라니…. 무슨 문제라도 생긴 것일까?

가만히 듣고 보니, 김 선생은 만 짯을 주고 거스름돈을 받아야 하는데 할머니는 그 만 짯짜리 지폐를 받지 않았다는 것이다. 돈을 낸 김 선생으로서는 미치고 환장할 노릇이다. 그 할머니는 자기 손에 들린 지폐들을 다 펴 보이며 안 받았다는 것이다. 자칫, 김 선생의 감정이 폭발할 것 같다는 생각이 들었다. 그래서 나는, 감정을 억제하고 차근차근 설명하라고 주문했다.

내가 곁에서 봐도 할머니의 행위는 앞뒤가 맞지 않았다. 왜냐하면, 만 짯짜리 돈을 받았으니까 자기 뒤편에 있는 젊은 아낙에게 만 짯짜리를 잔돈으로 바꿔달라고 했지 그냥 바꿔달라고 하지는 않았을 것이다. 뭔가 구린내가 났다.

그러나 한사코 안 받았다고 큰소리치는 할머니 앞에서 옥신각신하는데 곁에서 장사하는 젊은 남자가 할머니가 서있는 곳을 보더니 땅바닥에서 그 만 짯짜리 지폐를 주워 할머니에게 줬다. 그러면 그렇지…. 돈을 아니 주고 주었다고 할까? 그때서야 할머니가 미안하다는 말을 연신 내뱉는다.

나는 아주 잘못 늙은 할머니 장사꾼이라는 사실이 직감됐다. 어쩌면, 이런 방식으로 여행자 이방인들에게 돈을 뜯어내는 교활한 사람일지도 모른다는 생각이 들었다. 쉽게 단정 지어 말할 수는 없지만 내 눈에는 분명 그렇게 보였다. 돈을 받지 않았다고 항변하는 할머니 말의 어조나 태도로 보아도 그렇고, 돈을 잔돈으로 바꾸어주고도 말이 없는 젊은 아낙도 그렇고, 뜬금없이 나타나 할머니 발밑에서 만 짯짜리 지폐를 줍는 이웃남자의 행위도 그렇고, 다들 한 통속인지도 모르겠다는 생각에 힘이 실렸다.

어쩐 일인지 몰라도, 착한 마음을 내어 일부러 사주는 입장이었는데 상상하지도 못한 일이 벌어졌던 것이다. 비록, 사과는 받았지만 왠지 꺼림칙한 마음을 떨칠 수는 없었다. 천리안을 가지신 부처님이 이 광경을 보았더라면 무어라 말씀하실까? 나의 지금 생각처럼, 사과를 했으니 그 세 사람에게 만 짯씩 웃으면서 나눠드릴까? 양심이 있다면 미안해서라도 받지 못할 것이겠지만 다음부터는 그러지 말라는 뜻에서 웃으면서, 극구 사양해도 준다면 어떨까 싶었다. 따지고 보면 이것 또한 잔인한 행동이다. 그들에게 양심이 있으면 스스로 고통을 받으라는 것이나 다름없기 때문이다.

순간, 나는 예수가 한 말을 떠올렸다. '인간이 인간을 용서해 주면 천국의 하나님께서도 인간의 죄나 잘못을 용서해 주신다'거나, '일흔 번씩 일곱 번이라도 용서해야 한다'는 말을 말이다. 하지만 실천하기가 얼마나 어려운 일이던가.

당신은 지금껏 살아오면서 얼마나 용서를 하셨습니까? 그리고 이
같은 상황에 놓였다면 어떻게 처신할까요?

아뚜마사 짜웅(Atumashi Kyaung) = 마하 아투로이안 짜웅(Maha Atulawiyan Kyaung) 안에 모셔진 불상

*마하 아투로이안 짜웅(Maha Atulawiyan Kyaung)
1857년에 당시에 모셔진 불상 이마에는 다이아몬드가 박혀 있었는데 1885년 영국인들에 의해서
도난당했다 한다. 그 뒤 화재로 다 타버리고 1996년에 오늘날의 모습으로 재건되었다 한다.

새삼 티크나무(Teak)가 궁금해지다

나는 만들레이에 머무는 동안 티크나무로 지어졌다는 1,000미터가 넘는 우 베인 다리를 이쪽 끝에서 저쪽 끝까지 걸어 보았고, 만들레이 왕궁 안에 티크나무로 지어졌다는, 지금의 왕궁 밖 쉐난도 짜웅(Shwenandaw Kyaung)을 둘러보았다. 뿐만 아니라, 옥(玉)을 판매했다던 중국 상인에 의해서 지어졌다는 쉐인빈 짜웅(Shweinbin Kyaung)도 둘러보았다. 이들 삼자의 주재료가 공히 티크나무(Teak)이다보니 새삼 티크나무가 궁금해졌다.

티크나무는 대체 어떻게 생겼기에 원목이 이렇게 크고 굵으며, 잘 썩지도 않는가. 그리고 섬세한 조각을 하는 데에 있어서도 문제가 없는지 궁금해졌던 게 사실이다. 다행스럽게, 쉐난도 짜웅 안에서는 목판에 문양을 새겨 넣는 보수작업이 진행 중이었으며, 한쪽에 원목도 쌓여있음을 볼 수 있었다(이 책 133P 사진 참조). 이제, 살아있는 나무만 보면 좋겠는데 당장 그러지 못하니 더욱 궁금해지는 것이었다. 나는 참다못해, 폰을 이용한 검색에 들어갔다. 워키 사전이 떴고, 어떤 가구상이 올려놓은 티크나무에 대한 상세한 설명도 읽을 수 있었다.

그들의 핵심 내용인 즉 미얀마·태국·라오스·캄보디아·인도네시아 등 동남아시아에서 주로 자라며, 활엽교목이며, 40미터까지 자라기도 하고, 습기나 벌레에 강하며, 잘 썩지 않기 때문에 건축·가구·선박 등의 재료로 널리 쓰이는데 대패질이나 가공성까지 뛰어나다는 것이다. 특히, 미얀마에서는 티크나무를 국가가 직접 관리하는 사업대상이라 한다. 한 마디로 말해, 우리에게는 최근에 알려지기 시작했지만 유럽이나 러시아 같은 나라에서는 일찍이 고급 목재로 다양한 부문에서 널리 활용되어 왔다는 것이다.

바가야 짜웅(Bagaya Kyaung)을 받치고 있는 티크나무 기둥

왜, 갑자기, 티크나무가 궁금해졌을까? 쉐인빈이나 쉐난도 짜웅을 둘러볼 때에 지표면으로는 엄청 큰 원목이 받침용 기둥으로 열과 줄을 맞추어 박혀 있었고, 그 위로 불상을 모시는 지상 1층 공간이 있는데 그 내·외부 장식의 화려함과 섬세함이란 이루 다 말할 수 없는 수준이다. 물론, 바깥 사면 어디에서든 안으로 들어갈 수 있도록 통로(테라스)와 출입문이 나있고, 그 내부 공간은 다시 용도에 따라 나뉘어져 있었다. 벽과 기둥 그리고 바닥도 천정도 모두 티크나무로 되어 있었는데 내부 장식은 물론이고 바깥에서 바라볼 때에 장식용으로 조각된 판이나 지붕이나 기둥과 기둥 사이에 있는 불교 관련 여러 가지 인물·동물·식물·신상 등 조각으로 장식되어 있는데 그 자태와 동태적 역동성은 분명 예사롭지가 않아 보였다.

솔직히 말해, 나무 조각하면 나는 네팔(Nepal)을 떠올려 왔는데 미얀마 사람들의 목각예술도 대단하다는 생각을 이곳에 와서 처음 하게 되었다. 그저 문짝의 갖가지 기하학적 모양을 내는 수준이 아니라 다양한 형태를 조각함에 있어 그 섬세함과 기술의 숙련도는 물론이고, 그것들의 조합 내지는 조화로 이루어지는 전체적인 모습은 단순한 조형감과 화려함을 훨씬 뛰어넘는 수준이라고 나는 생각했다.

이런 격조 있는 예술품 앞에 서면 나는 엉뚱한 생각을 하곤하는데 곧, 시간이 많이 걸리고, 개인의 특별한 미적 감식안이 활짝 열려 작동되어야 하고, 또한 도구와 손가락 사이에 힘의 강약이 잘 조절되어 조각되는 것인데 이런 일에 뛰어난 재능을 가지면 그만큼 그는 가난하게 살 수밖에 없다는 사실이다. 개인의 그런 능력과 노력이 반영된 작품은 언제나 돈으로 환산되지 않기 때문이다. 설령, 환산된다 해도 제값을 받기란 여간 어려운 일이 아니다.

나는 네팔리(Nepalese)들이 그리는 정교한 탕카(불교 그림)나, 이곳 미얀마 사람들이 조각하는 나무공예나, 인도사람들이 짜내는 카펫이나 지구상의 수많은 장인(丈人)들이 공들여 만들어내는 예술품 등은 소요된 시간과 투자한 노력에 비해서 그 가치나 의미에 대한 값이 받쳐주지 못하면 그들은 배고플 수밖에 없다는 현실이 늘 안타깝다고 생각해 왔다.

내게는 그런 능력이 없어서 다행이라면 다행이지만 이처럼 뛰어난 예술품을 보면서도 오히려 안타까운 생각이 먼저 드니 이 무슨 해괴한 발상인가 싶다가도 '현실은 현실이니까' 하고 시를 쓰는 내 삶조차도 못마땅할 때가 많았던 게 부인할 수 없는 사실이다.

여하튼, 이곳 미얀마 마지막 왕조의 마지막 왕도(王都)인 만들레이 까지 와서 미얀마 사람들의 뛰어난 목각 기술과 예술성이 반영된, 남아있는 사원들의 건축물을 들여다볼 수 있었다는 점은 영광이라 면 영광임에 틀림없다. 허나, 나무 조각으로 유명한 아웅 난 미얀마 수공예품을 제조하는 공방(Aung Nan Myanmar Handicrafts Workshop) 에 들르지 못했다는 점은 여전 히 아쉬움으로 남는다. 여행 중 에는 언제나 그렇듯이 시간타령 을 하며 쫓기듯 왔다 갔다 하지 만 짜임새 있게 서로 연관된 곳 들을 묶어서 유기적으로 둘러보 지 못한 나의 치밀하지 못함이 안타까울 뿐이다.

쉐난도 짜웅(Shwenandaw Kyaung)

쉐인빈 짜웅(Shwe in bin Kyaung)

---

*쉐난도 짜웅(Shwenandaw Kyaung)
원래는 만들레이 왕궁 안에 지어졌던 건축물로 민돈 왕과 왕비가 거주했던 곳이라 하는데 민돈 왕의 유지에 따라 뒤를 이은 띠보 왕이 해체하여 현재의 자리로 옮겨 놓았고, 그럼으로써 왕궁 전체가 일 본군에 의해 불타버릴 때에 화를 면하게 되었다고 한다.

*쉐인빈 짜웅(Shwe in bin Kyaung)
1895년에 완공된 사원으로 보존상태가 좋아 현재도 사원으로 사용 중이다. 주변으로 공터가 있고 그곳에는 나무들이 우거져 있으며, 쉼터도 마련되어 있다. 뒤쪽 작은 건물은 유치원으로 사용 중인 것을 확인할 수 있었다.

맨발로 사원에 입장하는 것이
부처에 대한 예의라?

　미얀마 어디를 가든 불교 사원과 불탑들이 있는데, 그것이 유적이
든 지금 사용 중인 것이든 상관없이 누구든 신발과 양말을 벗고 맨
발로 들어가야 하며, 또한 신체가 많이 노출된 옷을 착용하고는 입
장 자체가 허락되지 않는다. 이런 관례를 모르는 이방인들을 위해서
안내판이 설치되어 있고, 이를 무시한 자들에겐 신발과 양말을 벗고
들어가라고 요구한다.

　통상, 사원 안으로 들어가는 중요한 출입문 쪽으로는 통로가 길게
조성되어 있는데 그 초입 부근에서부터 신발과 양말을 벗게 하고,
벗은 신발과 양말을 보관해 주기도 한다. 물론, 약간의 팁을 주는 것
이 일반화되어 있는 분위기이다. 뿐만 아니라, 반바지 차림을 했어
도 입장할 수 없으며, 현장에서 간편한 미얀마 전통의상인 론지를
빌려 입으라고 권유한다. 양곤에 있는 쉐다곤 파고다에서는 약간의
보증금을 내면 론지를 빌려 주지만 만들레이에 있는 마하무니 파야
에서는 론지를 빌려 주긴 주는데 그것을 시장에서 구입하는 돈보다

더 많은 액수를 요구하기도 한다.

나는 늘 작은 배낭을 메고 모자와 선글라스를 착용했는데 이러한 것들은 그 어디에서도 문제가 되지 않았다. 다만, 마하무니 파야 안 유리방 안에 안치되어 있는 불상으로 가까이 접근하여 금박종이를 붙이려면 그 유리방으로 들어가야만 하는데 그 입구에서 배낭과 모자 때문에 들어가지 못했던 적은 있다.

그리고 모든 여성들은 불상 앞에 더 이상 가까이 갈 수 없다는 안내판이 세워져 있는 곳까지만 접근할 수 있는데 이는 분명 성(性)을 차별하는 것임에는 틀림없다. 물론, 여기에는 부처 개인의 부정적인 여성관이 작용한 것으로 보인다. 경전의 문장 상에 나타난 부처는 여성에 대하여 집착과 번뇌가 많아 수행 정진에 어려움이 많다고 인식했으며, 실제로 여성을 제자로 받아들이기를 꺼려했고, 마지못해 받아들이고서도 남자와 다른 차별적인 혹독한 계율을 주었다. 이에 대한 자세한 내용은 본인의 졸저 『썩은 지식의 부자와 작은 실천』속 「여성에 대한 부처님의 편견」이란 글을 참고하기 바란다.

어쨌든, 미얀마 사람들 머릿속에 각인된 맨발 입장과, 남녀 공히 신체노출 복장을 피하고, 여성들은 불상과 일정한 거리를 유지하는 것 등이 과연 부처님에 대한 존경심의 발로이며, 그에 대한 예의일까? 한 번쯤 생각해 볼 필요는 있다고 본다.

물론, 부처가 태어나서 80년 동안 살았던 지금의 네팔 일부 지역

불상 앞에는 여성 접근 금지선이 있다. 그래서 앞쪽에 앉지 못하고 뒤쪽에 앉아 기도한다.

과 인도 일부 지역은 겨울철에도 모기가 있는 더운 지역이고, 그 때가 기원 전 고대사회였기 때문에 신발도 복장도 크게 신경 쓸 상황이 아니었다고 나는 추측한다. 게다가, 인간의 번뇌는 어디로부터 생기는 것이며, 생로병사의 과정이나 그 굴레로부터 온전히 벗어날 방도를 찾기 위해 스스로 고행의 길을 선택했기에 그런 부처를 생각한다면 맨발로 사원에 들어가야 옳을 법하다.

특히, 부처에 대한 존경심을 넘어서 숭배하는 입장에서 바라본다면, 그의 사리나, 그의 가르침이 기록된 경전이나, 그의 수행 정진하는 모습을 조형(造形)한 불상 등이 안치된 곳으로 들어가는데 어찌 오만한 마음으로 무례(無禮)를 범하겠는가.

미얀마가 영국 식민지였을 때에는 영국인을 비롯하여 이방인들이 신발을 벗지 않고 사원에 들어가다가 쫓겨나기도 하는 과정에서 영국과의 마찰을 피하지 못하고 대립의 각을 더욱 세우기도 했다는 기록들이 있다. 비근한 예로, 1919년에 영국인들이 만들레이 쩨조마켓 인근에 있는 '인도야 파야(Eindawya phaya)'라는 사원 경내로 신발을 벗지 않고 들어간 일이 발생하여 미얀마 승려들과 국민들이 영국 정부에 거칠게 항의함으로써 재발방지 약속을 받아내기도 했다는

것이다. 이런 사건이 어디 이것뿐이겠는가 마는 영국과의 세 차례 전쟁을 치루는 과정과 영국 식민지 시절에는 이 같은 일들이 빈번하게 일어났을 것이다.

그렇다면, 미얀마 사람들에게 집단무의식처럼 공유되어지는 부처님에 대한 예의는 어디에 근거를 두었을까? 그것은 당연히 그들이 읽고 배워서 알고 있는 경전 내용에서 비롯되었을 것이다. 부처님이 제자들과 중생들과 이교도들에게 설법을 하실 때에는, 심지어 지상의 왕들조차도 부처님 처소를 방문할 시에 '각별한' 예의를 갖추었음을 경전의 문장 상으로 어렵지 않게 확인할 수 있다. 곧, 말이나 수레를 타고 왔어도 부처님 처소 가까이 오게 되면 말이나 수레에서 내려 걸어서 부처님께 다가왔고, 또한, 한결같이 부처님 발에 입이나 이마를 대는 예의를 갖추었다. 이는 언제나 부처님이 위에 앉아계셨다는 증거이고, 그만큼 존경 받았다는 뜻일 것이다.

평소에 필자가 경들을 읽으면서 정리해 놓은 바 있어 그것들을 따로 떼어 내어 이곳에 붙여보겠다. 참고가 될 줄로 믿는다.

여성 입장 불가를 표시한 짜익 티 요(Kyaik ti yo) 입구

①부처님 발에 예를 올리고 장궤(長跪)하고 차수(叉手) 합장(合掌)하고 아뢰었다.

-동진(東晉) 평양(平陽) 사문 석법현(釋法顯) 중역한 「대반열반경(大般涅槃經)」 중에서

②자리에서 일어나 몸과 위의를 정돈하고, 오른쪽 어깨를 드러내고 부처님 발에 정례(頂禮)를 올리고 아뢰었다.

-동진(東晉) 평양(平陽) 사문 석법현(釋法顯) 중역한 「대반열반경(大般涅槃經)」 중에서

③부처님 발 아래 두면례(頭面禮)를 올리고 아뢰었다.

-동진(東晉) 평양(平陽) 사문 석법현(釋法顯) 중역한 「대반열반경(大般涅槃經)」 중에서

④부처님을 뵙고 기뻐하며 공손하고 정중한 기색으로 몸을 굽혀 예배하고 나서 무릎을 땅에 대어 장궤(長跪)하고 여쭈었다. -「반니원경(般尼洹經)」 중에서

⑤부처님께 이르러 머리를 땅에 대고 절한 뒤에, 합장한 채 부처님을 세 번 돌고 나서 물러앉았다. -「불설가조아나함경(佛說呵雕阿那含經)」 중에서

⑥자리에서 일어나 옷을 단정히 하고 차수(叉手)하고 꿇어 앉아 부처님께 말씀 드렸다. -「반주삼매경」 중에서

⑦그 발에 머리 조아려 예배하고 물러나 한쪽에 앉았느니라.

-불설장아함경 「대본경(大本經)」 중에서

⑧부처님의 발에 머리를 조아려 예배하고 -불설장아함경 「유행경(遊行經)」 중에서

⑨가장 으뜸가는 공경 일으켜/꽃을 가지고 합장하며/저 만다라에 뿌리고/머리를 발에 대어 예를 올리라. -「사사법오십송(事師法五十頌)」 중에서

⑩이마를 발에 대어 예배하고[頭面禮足] -장아함경 제6권 「소연경(小緣經)」 중에서

⑪부처님의 발에 이마를 대어 예배하고 -「대연방편경(大緣方便經)」 중에서

⑫오른쪽 어깨를 드러낸 채 예를 올린 뒤에 합장하면서 세존의 얼굴을 우러러 바라보니, -「정법화경」 제3권 중에서

⑬부처님 발에 예배하고 -「법구경(法句經)」 길상품 중에서

⑭부처님께 나아가 땅에 엎드려 발 아래에 예배하고 한쪽에 서 있다가 조금

뒤에 다시 물러나 앉아 부처님께 말씀드렸다. -「출요경」무상품 중에서

⑮부처님 주위를 세 번 돌고는 손을 들어 하직하고 물러갔다.

　　-「출요경」무상품 중에서

⑯가사를 단정히 하여 오른팔을 드러낸 다음 합장하고 부처님께 말씀드렸다.

　　-「출요경」무상품 중에서

⑰부처님 처소에 이르러 부처님의 두 발에 머리 조아려 절하고, 한쪽에 앉아

　서 부처님께 여쭈었다. -「심희유경(甚希有經)」중에서

⑱부처님께 나아가서 머리를 숙여 부처님 발에 절하였다.

　　-「라운 인욕경(羅云 忍辱經)」중에서

⑲이들은 제각기 부처님의 발에 예배하고 한쪽에 물러나 앉아 있었다.

　　-「묘법연화경(妙法蓮華經)」서품 중에서

⑳모두 부처님 앞에 나와 머리를 조아려 부처님 발에 절하고 세 번 돌고 나서

　물러갔다. -「반니원경(般尼洹經)」중에서

㉑해탈보살이 바로 자리에서 일어나 합장하고 꿇어앉아 부처님께 여쭈었다.

　　-「금강삼매경(金剛三昧經)」의 무상법품(無相法品) 중에서

㉒부처님 계시는 곳에 나아가서 부처님 발에 머리를 조아려 예배하고 물러나

　한쪽에 앉았다. -「반주삼매경(般舟三昧經)」의 문사품(問事品) 중에서

㉓저 왕이 어느 때 부처님 처소에 나아가서 부처님께 엎드려 예배하고 이렇게

　사뢰었다. -「왕법정리론」중에서

㉔온몸을 땅에 대고 부처님께 절하고 아뢰었다. -「건타국왕경」중에서

㉕오솔길이 나오자 왕은 수레에서 내려 천천히 걸어 부처님 앞에 이르렀고,

　머리를 조아려 부처님 발에 대고는 물러나 앉아서 아뢰었다.

　　-「국왕불리선니십몽경」중에서

마하 간다용 짜웅(Maha Gandhayon Kyaung)에서 공양(供養)의식을 지켜보고

　나는 작은 배낭을 메고 모자와 고글과 장갑을 착용하고 헬멧을 썼다. 조심조심 익숙해질 때까지는 아주 천천히 주변을 살피며 이동해야 했다. 이것도 나이가 들었다는 증거이지만 낯선 미얀마에서 두 번째로 큰 도시에서 오토바이를 운전하는 일은 주의가 필요했기 때문이다. 나는 아마라뿌라에 있는 마하 간다용 짜웅(Maha Gandhayon Kyaung)으로 먼저 갔다. 오전 10시 반도 안 되어서 수행승들이 대중공양(大衆供養)을 받아 단체로 점심식사하는 모습을 보기 위해서였다.

　시간이 되면 이 수도원 안에서 수행승들은 항아리 모양의 큼직한 자기 바리때를 앞가슴에 품듯이 양손으로 들고 맨발로 걸어 나와 배식장소로 이어지는 대로 위로 자연스럽게 열과 줄을 지어 걸어간다. 커다란 식당이 있는 옆 모퉁이에서 신자들이 밥과 반찬을 배식하는데 음식을 받기 위해서이다. 배식을 받은 수행승들은 지정된 식당 안으로 들어가 키가 낮은 식탁에 둘러앉아 단체로 식사를 한다.

'공양'이라, 글자 그대로 해석하자면 이바지할 供(공)에 기를 養(양)이다. 어떤 주체가 객체에게 음식이나 의약품이나 옷 등을 주어 살아가는 데에 도움이 되게 하는, 일종의 베푸는 보시 행위가 곧 공양이다. 예로부터 신도가 수행자에게 식사를 비롯하여 필요한 것들을 베풀어 줌으로써 수행 정진할 수 있도록 도움을 주어 왔는데 이 일체의 행위를 공양이라 했다.

오늘은 널리 알려진 대로 이곳 마하 간다용 짜웅(수도원)에서 수행하는 약 1,500여 명의 수행승들이 점심식사를 배식 받아가지고 식당 안으로 들어가 다 함께 식사하는 광경을 지켜보고자 수많은 사람들이 몰려와 지켜보고 있는 것이다. 이것이 무슨 구경거리가 되겠는가마는 미얀마의 불교는, 상좌부(上座部) 곧 테라바다[Theravada:'장로(長老)들의 길'이라는 뜻임]이고, 부처님이 살아계실 때부터 형성된 수행 전통을 중시하여 계율을 잘 지키고, 「아함경」이 주독하는 경이며, 위빠

사나[Vipassana:관(觀)·통찰(洞察)] 수행법으로 수행하여 스스로 아라한의
경지에 오르는 것을 중요시 여긴다. 따라서 수행승들이 공양을 받는
자세나 방식이나 그 의미 등에 있어서도 과거로부터 내려오는 전통
과 무관하지 않을 것이라는 점 때문에 한 번쯤 지켜보고 싶었던 것
이다.

솔직히 말해, 스님들이, 밥은 얼마나 먹으며, 반찬으로는 무엇을
먹는지 궁금했고, 신도들이 베풀어주는 음식을 먹으며 어떤 생각들
을 하는지도 궁금했던 것이다. 나는 이에 앞서 냥쉐에 있는 어느 사
원에서 규모는 이보다 작지만 스님들이 다 함께 모여 식사하는 모습
을 아주 가까이에서 지켜볼 수 있었고, 사진까지 촬영하도록 허락해
주어서 비교적 자세히 보았던 적이 있다.

그런데 공양과 탁발에는 중대한 문제가 하나 있다. 그것은 부처님이 살아계실 때에도 수행승들은 탁발[托鉢:집집마다 방문하여 목탁에 맞추어 다라니를 소리 내어 외우면서 음식을 보시 받는 행위]하여 식사를 비롯하여 생필품을 보시 받았는데, 이것은 근원적으로 항구적이지 못해 문제가 된다. 결국, 스님들은 사원 건축부터 먹고 자고 입는 문제까지 중생들이 번 돈으로 살아가는 꼴이 되기에 불완전한 것이 되고 만다. 이 점은 한 번쯤 깊이 생각해 볼만한 일이다.

이런 근원적 문제를 자각(自覺)한 중세 그리스나 러시아 정교회 소속 수도사(신부)들은 그리스 '아토스'라고 하는 자치주에서 수도원을 삶의 근거지로 삼고 하루 24시간을 삼등분하여 여덟 시간씩 ①노동 ②하느님 찬양 및 경전공부와 기도 ③잠자는 시간 등으로 나누어 철저하게 자급자족하는 생활을 한다. 새겨볼만한 일이다.

불교에는 이런 근원적인 문제 말고 또 하나가 더 있다. 그것은 다

름 아닌, 부처님의 가르침처럼 결
혼하지 않고 출가하여 평생 수행
한다면 개인의 목표는 달성할지
몰라도 그것은 인류사회를 지속
가능하게 하지는 못한다. 이런 불
완전성 때문에 모든 사람에게 권

장할 만한 것이 되지 못하는 것이다. 어디까지나 상대적인 수행법인
셈이다. 그렇기 때문에 이곳 마하 간다용 짜웅에 와서 보면 곳곳에
후원자와 후원 내용을 새겨놓은 돌판이 위 사진에서 보는 것처럼 사
원 내 거리를 가득 메우고 있다. 뿐만 아니라 모든 국민이 수도승이
되어 살 수도 없다.

만들레이에서 몰레먀인(Mawlamyine)으로
이동하여 2박3일 여행하기

만들레이에서 마지막 날, 오토바이를 빌려 타고 밍군까지 갔다 오다가 시내 고가도로 위로 내려오는데 교통경찰이 부른다. 이 길은 오토바이 통행이 금지되어 있다는 이유에서였다. 하는 수없이 여권을 보여주며 미안하다 했더니 어디론가 무전기를 들고 통화하더니 그냥 보내준다. 그렇잖아도, 오후 6시 발 몰레먀인(Mawlamyine) 행 장거리버스를 타야 하는데 게스트하우스에 약간 늦게 도착하여, 허둥지둥 오토바이를 반납하고, 양치질만 하고, 짐을 챙겨들고 부랴부랴 터미널로 택시를 타고 갔다. 가까스로 출발예정 시간인 오후 6시를 넘기지는 않았다. 지정된 자리에 앉아 안도의 숨을 쉬며, '이제 눈을 뜨면 미얀마 남쪽인 몰레먀인에 도착하겠지……' 하고 잠을 청했다. 버스는 정확히 6시에 출발했다. 한 시간쯤 달렸을까, 버스는 정류장도 아닌데 길 한쪽에 섰다. 처음엔 사람을 태우고 짐을 싣나 싶었는데 30분 동안이나 움직이지 않았다. 이상해서 두리번거렸더니 버스가 고장 났던 것이다. 운전수와 조수가 공구함을 들고 왔다 갔다 하더니 마침내 버스가 움직이기 시작했다. 정확히 만 60분만이다. 하

Holy Family Cathedral(1954)

지만 불안해졌다. 언제 어떻게 또 고장이 날지 모르기 때문이다. 만들레이에서 몰레먀인까지는 약 760킬로미터로 최소 11시간에서 13시간은 족히 걸리는 장거리이다. 하지만 산맥을 넘어가는 일은 없다.

나는 이내 곯아떨어졌다. 새벽 두 시 정도에 한 번 화장실을 다녀온 것 외에는 내내 잠을 자느라 정신이 없었다. 다음 날 아침 5시 40분경에 몰레먀인 터미널에 도착했다. 버스에서 내려 배낭을 찾고 두리번거리자 택시 호객꾼들이 둘러싼다. 그 가운데 똘똘한 한 녀석이 끝까지 따라오며 자신의 택시로 숙소까지 데려다 주겠다고 한다. 주차된 택시를 보며 이게 너의 택시냐고 물었더니 아니라고 한다. 자기의 택시는 저쪽에 있는 '뚝뚝이'라며 멀지 않은 거리이니까 가자고 조른다. 이른 아침부터 찬바람을 쐬며 시내를 달리는 것도 나쁘진 않겠다고 생각했다. 그래서 그의 뚝뚝이를 타고서 예약된 숙소로 갔다.

체크인을 마치고 방으로 들어가 샤워부터 하고, 짐을 풀고, 간단한 세탁을 하고, 오늘 돌아볼 시내에서의 동선을 정해야 했다. 그리고 숙소 밖으로 나가기 전에 먼저, 프런트에서 모레 가게 될 그 유명한 황금바위 짜익 티 요(Kyaik ti yo) 거점인 낀뿐(Kinpun=Kinmon) 행 버스 티켓과, 내일 까잉주(Kayin State)의 주도인 파안(Hpa-an)으로 가는 배편을 예약하고, 환전, 아점 먹기, 그리고 계획된 동선에 따라 불교·이슬람교·힌두교·중국 도교 사원·일본 사원들과 교회 및 성당들과 박물관 등을 둘러보기로 마음먹었다.

성 마터스 교회
(St. Matthew's church, 1887)

이곳은 과거 몬족(중앙아시아 평원에서 인도차이나 반도로 이주해 온 이주민)의 수도였던 바고(Bago)와 함께 몬족문화의 숨결을 느낄 수 있는 곳이라 하니 다른 지역 다른 종족들의 문화적 체취와는 사뭇 다르리라는 생각

이 들었다. 하지만 이곳의 온도는 1월 달인데도 31~34도에 달하고, 습도가 60%나 되는 고온다습한 우리의 전형적인 한여름의 후덥지근한 날씨였다.

이곳에서 내게 주어진 시간은 단 하루뿐이다. 그것도 은행에 가서 환전하고, 늦은 아침식사를 하고, 버스표와 배표를 예약하고, 오토바이를 빌리는데 이미 몇 시간이 흘러가 버렸다. 시내에서 꼭 봐야 할 곳들이 너무 많은데 이를 어찌할거나?

크게 보면, 이곳 몰레먀인은 안다만 해(Andaman Sea)와 탄륀 강(Thanlwin River)이 만나는 지점에 있는 항구도시이다. 한때 영국 식민지 시절 수도역할을 하면서 티크나무를 운반하던 곳이기도 했다. 전체 인구가 300만이 넘는다는데 75%가 몬족이고, 까친족 버마족 인도인과 중국인 등까지 다양한 민족들이 모여살고 있는 곳이기도 하다. 그래서 이곳에는 불교사원, 이슬람교 사원, 힌두교 사원, 교회와 성당, 그리고 중국과 일본 사원 등이 있고, 식민지 시절의 감옥도 있

힌두교 사원(Sri-Than-Da-Yu-Tha-Pa-Tvi Temple)

으며, 몬족문화박물관도 있다. 조금만 눈을 돌리면, 가볼만한 섬들이 있고, 미얀마 전통방식의 베 짜기(Myanmar Traditional Loom)나 옹기(Pottery) 공장 등도 둘러볼 수 있다.

　그러나 오토바이로 지도를 보며 돌아다니는 데에는 한계가 있다. 그래서 우선 갈 수 있는 데까지 하나하나 가보자고 마음먹고 어두워지기 전까지 쏘다녔다. 전통적인 몬 스타일의 건축양식으로 지어졌

타웅 빠욱 짜웅(Taung Pauk Kyaung)의 뱀부 붓다(Bamboo Thread Buddha)

다는 ①마하무니 파야(Maha muni Phaya), 지진 여파인지는 몰라도 사원 한쪽 경사면이 무너져 내린 ②짜익 딴란 파야(Kyaik thanlan Phaya), 뱀부 붓다(Bamboo Thread Buddha)가 있는 ③타웅 빠욱 짜웅(Taung Pauk Kyaung), 기원전 3세기경에 우 지나 스님이 대나무 숲에서 황금항아리를 발견하고 그 자리에 세웠다는 ④우지나 파야(U Zina Phaya), ⑤우 칸티 파야(U Khanti Phaya), ⑥제일침례교회(First Baptist Church) ⑦성 패트릭 교회(St. Patrick's Church) ⑧ Holy Family Cathedral ⑨몬주문화박물관(Mon State Cultural Museum) 기타 힌두교 사원(Sri-Than-Da-Yu-Tha-Pa-Tvi Temple)을 끝으로 오늘 여행을 마쳐야만 했다. 왜냐하면, 낯선 곳에서 밤

스트랜드 로드 선착장 근처에 있는
나이트 마켓(Night Market)

에 오토바이를 타고 다닌다는 게 위험한 일이기 때문이다.

나는 저녁식사라도 하고 숙소로 들어가야 한다는 판단에서 여행 가이드북에 소개된 '나이트 마켓(Night Market)'으로 갔다. 길 건너편

해가 뜨기 전에 본 모스크

에 오토바이를 세우고 강변 쪽 너른 광장에 마련된 야외식당 한 테
이블 앞에 앉았다. 긴장이 풀려서인지 몸이 착 가라앉는 것 같았다.
나는 강물 넘어 석양을 바라보며 의자에 앉아 있었는데 주인이 따라
와 주문을 재촉한다. 나는 닭고기를 넣은 볶음밥을 시켜 샐러드와
함께 먹었다. 그런데 딱 맥주 한 잔이 간절해졌다. 정말이지 몸이 피
곤하긴 많이 피곤했던 모양이다. 내가 생각해도 우습다. 무엇을 위
해서 이렇게 바쁘게 쏘다녔던가. 아니, 꼭 그런 것만은 아니지. 오늘
내게 있었던 일을 생각해보라. 금세 또 잊었는가! 나른함에 풀어지
는 자신을 의식하며 오늘 낮잠을 자며 꾸었던 단꿈을 떠올렸다.

31

불탑에 기대어 낮잠을 자면서 꾼 꿈

하루에 열 곳 이상의 비슷비슷한 사원을 순례하다보면 건강한 몸조차 매우 피곤해진다. 이날도 그는 오후 3시쯤에 강변이 훤히 내려다보이는 언덕에 세워진 불탑을 돌다가 햇빛을 피해 잠시 기대어 앉았다. 일단은 그늘이 져 있고, 시원한 강바람이 간간이 불어오는 곳인 데다가 정지해 있는 듯한 강물과 드러난 모래톱을 멀리서, 그것도 위에서 내려다보며 편히 쉴 수가 있었기 때문이다. 게다가, 사람들의 왕래가 거의 없는 한적한 불탑이었다. 다만, 몇 마리의 개들이 그처럼 그늘에 누워 쉬다가 불탑 주변을 어슬렁거리고 있을 따름이다. 그도 그런 개들을 전혀 신경 쓰지 않았지만 개들 역시 그를 조금도 의식하지 않는 것 같았다.

그는 피곤했던지라 앉은 자리에서 두 다리를 쭉 뻗고 반쯤 누웠다. 이윽고 깜박 조는가 싶더니 금세 곯아떨어져 코를 골고 있다. 물론, 코를 곤 시간은 잠깐이었지만 그는 몸을 뒤척이며 잠결에도 무언가에 열중하는 것 같았다. 아니, 분명 꿈속이었겠지만 여러 사람들 앞에서 강연을 하듯 몸짓을 취하고 있었던 것이다. 그 모습은 내가 보아도 꽤나 소신에 차 있었고, 자신만만하며, 당당하기까지 했다.

거대한 암석 속으로 파고들어가 신전(神殿)을 비롯하여 사람들이 들어가 신앙생활을 할 수 있는 갖가지 공간을 구축하는 일은 고대 인도 사람들을 따라갈 자가 없을 것이다. 아잔타·엘로라 석굴 등이 잘 말해준다고 본다. 그렇듯, 돌을 다듬어 그 위에 문장을 새기고 역사를 기록하는 일은 고대 중국인들을 따라갈 자가 없을 것이다. 시안의 비림박물관이나 중국 전역에 흩어져 있는 비석 군이 말해준다. 나는 지금도 눈을 감으면 진흙을 다루듯 돌을 다룬 사람들과 돌을 종잇장처럼 여긴 사람들의 마음이 보인다.

그런데 여기 이곳에는 무엇이 있는가? 여러분이 잘 알다시피, 제5차 결집내용을 대리석 판 729개에 팔리어로써 새겨 넣고, 그 하나하나를 하얀 불탑 안에 세워 놓고서 혹시라도 사람들이 훼손하고 훔쳐갈까 염려되어 일일이 자물쇠를 채워 놓지 않았는가. 이곳 미얀마 만들레이에 있는 꾸또도 파야(Kuthodaw Phaya)가 그렇고, 바로 그 옆에 있는 산다무니 파야(Sandamuni Phaya)에서도 부처의 가르침이라 하여 1913년 우칸티테에르밋(Uhkan tithehermit)이 제안 발기하여 1774개의 대리석 판에 트리피타카(Tripitaka:삼장)를 새겨 놓았는데 이들 역시 불탑 안에 하나하나 가두어 놓질 않았는가. 이것들이 조성된 배경과 시기를 생각한다면 이 역사(役事) 또한 대단하다고 아니 말할 수 없지만 오늘날 이것들이 다 우리에게 무슨 의미가 있는가에 대해서는 한번쯤 생각해 볼 필요가 있다고 본다.

그는 뭔가 불편한 심기를 드러내고 있었음에 틀림없다. 이런 열변을 토하느라고 자면서도 손과 발이 가끔씩 움직이곤 했다. 그리고 얼굴에서는 웃는 듯한 표정과 찡그리는 듯한 표정이 얼룩처럼 번갈아가며 번지기도 했다.

내가 아는 부처님은 이곳 차안에서 저곳 피안에 이르렀으면 마땅히 타고 온 배조차 버리라고 했는데, 그것을 왜 버리냐? 앞만 보고 정진하려면 그딴 것들에 한눈 팔 겨를이 없기 때문이지. 그런데 지금 당신들은 어디에 와 있으며, 지금 무엇을 하고 있는가! 아직도 강물을 건너고 있는가?

세상 만물을 내어 놓는, 우리가 말로써 이름을 붙일 수 없는 그 무엇과 눈을 맞추고, 있어도 없고 없어도 있는, 그 텅 빈 것처럼 머무르는 '아누다라삼먁삼보리'를 체득하라 했는데 지금 무엇들을 하는지 모르겠다. 그저 복이나 빌고, 알량한 지식이나 전하고, 돈이나 거래하는 일상에서 벗어나지 못하고 있으니 아직도 갈 길이 멀어 보인다.

그는 마치 청중들을 질타하듯이 목소리를 점점 키우고 있었다. 잠잠하던 그의 오른손이 갑자기 허공을 젓다가 뚝 벼랑으로 떨어져 버리고 만다. 그 덕에 놀라 잠에서 깨어난 그는 자리에서 일어나 충혈된 눈으로 두리번거리며 주변을 살피더니 다시 배낭을 메고 돌다가 만 불탑 한 바퀴를 마저 온전히 돌아나간다.

간간이 차가 다니는 도로 건너편 나무 밑에서 열대과일들을 길거리에 쌓아 놓고 파는 아주머니가 있었다. 그는 조심조심 도로를 건너 그 아주머니에게로 가 코코넛 하나를 주문한다. 그녀는 크고 무

거워 보이는 칼날로 겉껍질을 떼어내고 그곳에 작은 구멍을 내고 빨대를 끼워 넣어 주었다. 얼마나 목이 탔던지 금세 꼬르륵 소리를 내며 바닥을 드러내는 코코넛 한 통이 아쉬웠다. 그런 그의 마음을 읽었는지 아주머니는 빈 통인 코코넛을 앞에 놓고 칼로 내리쳐 반으로 쪼갠 다음, 그 하얀 속살을 파주며, 웃으면서 먹으라 한다.

그는 생각지도 않은 코코넛의 흰 속을 덤으로 먹으며, 저 아래 하얀 불탑들이 숨기고 있는, 대리석 판에 새겨진 팔리어 경전들을 떠올렸다. 그러나 이 모든 것도 어깨를 짓누르는 짐이며, 궁극적으로는 다 헛것임을 안다.

배를 타고 파안(Hpa-an) 가는 길에 생각하다
-미얀마 불교신자들에게 깊게 박힌 원시 샤머니즘적인 요소들

  오늘은 몰레먀인에서 여행 이틀째로, 아침 여덟 시에 픽업하러 온 뚝뚝이를 타고 선착장으로 갔다. 작은 통통배를 타고 파안으로 가기 위해서였다. 몰레먀인에서 파안까지 버스를 타고 간다면 약 57킬로미터로 1.5~2시간밖에 안 걸리는 곳이지만 뱃길로는 하류에서 상류로 거슬러 올라가기 때문에 약 5시간 이상 소요되는데 솔직히 조금은 걱정이 되었다. 너무 지루하고 힘들지 않을까 싶었기 때문이다. 그럼에도 불구하고, 배를 타고 가는 동안 주변의 빼어난 경관을 즐길 수 있다는 잇점 때문에 많은 배낭여행자들이 선택하는 길이다. 물론, 이것만이 전부는 아니다. 나의 최종 목적은 파안에서 약 8킬로미터 떨어져 있는, 위태롭게 보이는 바위 봉우리 위에 세운 '짜욱 깔 랏 파야(Kyauk Ka Lat Phaya)'라고 하는 불탑을 보기 위해서였다. 이 짜욱 깔 랏 파야는 미얀마가 자랑하는 사원은 사원인데, 그 경관이 신기하게도, 그 밑 부분이 가늘고, 그 위쪽이 큰, 가분수 형태를 띤 암봉(巖峰) 꼭대기에 세워진 불탑이다. 마치, 힘센 장수가 장검(長劍)으로써 그 가는 밑동을 내려친다면 대나무처럼 댕강 잘리면서 일순간

에 무너져 버릴 것 같은 상상
력을 자극하는 곳이다.

통통배의 승객들

선착장에 도착, 배를 타려는
데 배라고 하는 것이 고작 정
원 16명 내외밖에 안 되는 아
주 작은 통통배였다. 저 배를
타고 다섯 시간이라… 갑자기
아찔해졌다. 배 뒤쪽으로 엔진에 해당하는 발동기가 장착되어 있었
고, 운전수는 딱 한 사람이며, 승객은 프랑스 사람들과 미국사람 그
리고 독일 사람들로 다 서양인들이었으며, 동양인은 나를 포함해서
딱 두 사람뿐이었다. 약간 들려진 듯한 뱃머리에는 먼저 승선한 승
객들의 커다란 배낭들이 쌓여 있고, 나처럼 늦게 도착한 사람은 배
후미로 가 앉아야만 했다. 한 가지 불행한 점은 엔진이 후미에 장착
되어 있었기에 기름 냄새와 소음이 크다는 점이고, 다행스러운 점은
두 사람 정도가 앉아가는 자리가 비어있어 다리를 뻗을 수 있었다는
점이다.

나는 이런 배를 타고 카인 주(Kayin State)의 주도(州都)인 파안으로 가
는데 처음에는 낯선 풍경들이라 호기심도 생겼고, 간혹, 가까이 오
고가는 다양한 배들 위에서 일하는 사람들이 손을 흔들며 인사를 건
네기도 하고, 작은 섬들이 그림 속에 산처럼 솟아 있는데 그곳에 세
워진 크고 작은 황금색 또는 흰색의 불탑들을 바라보면서 사진도 찍
곤 했다. 배는 한참을 가더니 어느 육지에 접안하여 하선해서 멀지

않은 곳에 있는 아주 특별한 사원을 둘러볼 수 있도록 30분이란 시간을 주기도 했다. 사실, 나는 이 사원에 대한 정보를 가지고 있지 않았는데 보너스라고 생각하고서 둘러보았다. 그런데 지금껏 내가 보아온 미얀마 사원들 가운데 가장 깨끗하고, 가장 잘 정리 정돈된 듯한 느낌을 받았다. 진짜, 여윳돈이 있으면 후원하고 싶은 생각이 절로 들기도 했다. 우리 일행들 외에는 아무도 없었지만 한 바퀴 돌아 나오는 길에 기분까지 상쾌해졌다. 이런 경험을 한다는 것은 분명 행운이다. 나는 여행을 마친 뒤에 자료를 아무리 뒤적거려도 이

코낫 파야 복합사원(Kawhnat Phaya Compound)

사원에 대한 정보를 찾을 수 없었다. 그래서 구글 지도를 이리저리 확대해 가며 찾아보았고, 이러 저리 물어도 보았다. 그 결과 '코낫 파야 복합사원(Kawhnat Phaya Compound)'이라는 사실을 확인했다.

보너스 여행을 마친 일행들을 실은 배는 다시 통통통 소리를 내며 물위를 달리기 시작했다. 하지만 너무나 지루했다. 말이 없는, 검게 탄 얼굴의 선장은 그래도 좋은 경치가 나타나면 배의 속도를 낮추어 사진을 찍도록 배려해 주었다. 그럼에도 불구하고, 나는 지루해졌다. 폰을 꺼내 사진을 찍는 일도 시큰둥해졌다. 나는 배낭 속에 넣어온 커피 한 잔을 마시며 두 다리를 뻗고 기대어 앉았다. 그리고 커튼을 펴서 얼굴에 내리쬐는 직사광선을 피하고 생각에 잠겼다. 지금까지, 양곤과 믜약우와 버간에서, 그리고 냥쉐와 인레호수에서, 그리고 만들레이와 그 인근 아마라뿌라와 사기잉과 잉와, 밍군 등에서 수없이 보아왔던 불탑들과 사원들이 다 무엇이란 말인가? 나는 눈을 감고 이미 빛바랜 흑백사진처럼 변해 가라앉는 기억들을 떠올리며 내 머릿속에 정리된 불교 경전 속 내용들과 연관시키고 있었다.

그러는 어느 순간, 나는 번쩍 생각나는 게 있었다. 이곳의 불교 신자들에겐 원시 샤머니즘적인 요소가 다분하다는 점이었다. 나는 그 순간부터 꿈을 꾸는 듯한 상태에서 원고를 써내려갔다. 실제로 원고를 쓴 것은 아니고 머릿속으로 생각들을 하나하나 정리해 나갔다는 뜻이다. 이때만은 그 시끄럽던 발동기소리도 점점 잦아들었다.

미얀마 고대왕조 시대에는 주로 왕이 주도하여 불탑이나 사원이나 오늘날의 승가대학 같은 복합적인 사원들을 지었는데 그것이 세워진 자리(지점)나 직접적인 이유를 포함하는 배경을 떼어 놓고 보면 다분히 원시 샤머니즘적 요소가 잠재되어 있음을 어렵지 않게 확인할 수 있다.

그들에게 부처는 전능한 신이자 수호신이었기에 자신과 가족과 국가의 안위와 발전 문제까지도 기원하고 의지·의탁하는 관계가 성립되었다. 그러다보니, 앞 다투어 신상(神像)을 만들고, 그것들 앞에서 찬양·찬미하고, 감사하는 마음과 존숭하는 마음으로 불탑(佛塔)을 쌓고 사원을 지어왔던 것이다. 물론, 지금도 달라진 것은 없다고 생각하지만 말이다.

그렇다면, 무엇이 원시 샤머니즘이고, 무엇이 샤머니즘적인 요소인가?

샤머니즘의 본질은, 모든 대상에 정령(精靈)이 있고, 그 정령과 내가 교감하면서 정령이 원하는 일정 조건을 만족시켜 주면 내가 원하는 바가 이루어지도록 그 정령이 도와준다는 근원적인, 일방적인 믿음에 있다고 본다. 물론, 여기에서 정령은 죽어 없어지는 존재가 아니라는 판단과, 대상과 그 정령들을 존재하게 하는 그릇, 시스템 같은 '자연(自然)'에 대한 경외감과, 상대적으로 나란 존재의 미약함에 대한 자각(自覺) 등이 작용했다고 보여진다.

미얀마에서 불탑을 쌓고 지어온 자리 곧 그 지점(위치)과 직접적인 이유나 배경이 전해지고 있는 경우들을 살펴보면, 위에서 언급한 샤머니즘의 본질적 요소와 맞닿아 있음을 보게 된다.

예컨대, 버간왕조의 아노라타(Anawrahta:1044~1077) 왕은 타툰 왕국을 정복하고 '쉐지곤 제디(Shwezigon Zedi)'를 짓는데 스리랑카에서 부처님 치아사리 네 개를 네 마리의 코끼리로 하여금 싣고 오게 하고, 그 코끼리가 무릎을 꿇는 자리에 지었다고 한다. 뿐만 아니라, 불상과 함께 미얀마 민간신앙이었던 37낫(정령)도 모셔 놓았다.

그런가하면, 짠싯타(Kyansittha:1084~1113) 왕에 의해 11세기에 지어진 '아베야 다나 사원(Abe-ya-dana temple)'은 짠싯타가 선대 쏘루(Sawlu:1077~1084) 왕의 노여움을 피해 숨어살 때에, 사랑하는 부인이 음식을 가지고 갔을 때 아주 큰 나가(뱀)가 남편의 몸을 감고 그 머리 위로 그늘을 만들어 주고 있음을 보고 혼비백산하여 달아나는데 얼마큼의 거리에서 그녀의 숨소리가 다시 들렸다는데 이를 기념하여 그 자리에 사원을 지었다고 한다. 이것은 경전 내용을 패러디(Parody)한 것에 지나지 않지만.

또, 그런가하면, 몰레먀인에 있는 '우 지나 파야(U Zina Phaya)'는 기원 전 3세기경에 '우 지나'라고 하는 승려가 대나무 숲에서 황금 항아리를 발견하고 감사의 뜻으로 그 자리에 세웠다 한다.

또, 그런가하면, 길에서 루비를 발견한 나라파티시투(Narapatisithu:1174~1211) 왕은, 이를 두고 공덕을 쌓으라는 부처의 계시로 해석하고서 그 자리에 1183년에 술라마니 구파야(Sulamani Guphaya)를 지었다 한다. 또한, 알라웅시투(Alaugsithu:1113~1167) 왕은 4미터 높이의 거대한 돌을 발견하고, 그것이 곧 신의 계시라 판단하여 그 돌을 반석 삼아 쉐구지 파야(Shweguyi Guphaya)를 건설했다고 한다.

또, 그런가하면, 대양(大洋) 위로 솟아오른 힌타 새가 바고(Bago) 언덕 정점 위에 내려 앉아 쉬었다하여 1567년에 그 자리에 세웠다는 힌타 곤 파야(Hintha Gon Phaya)도 있는데 이곳에도 부처의 유물과 낫 신앙인 버팔로 여신상(The Buffalo Goddess)이 모셔져 있다.

이들 외에도 적지 않지만 이들 내용을 전하고 있는 연대기나 돌비석의 문장, 전설 등의 내용은 전적으로 신뢰할 수는 없지만 다분히 샤머니즘적이다. 뿐만 아니라, 누구를 사랑한다고 짓고, 자기 죄를 뉘우친다고 짓고, 누구의 명복을 빈다고 짓고, 전쟁에서 승리했다고 짓고, 왕위에 올라 국론을 통일하고 왕권을 강화하기 위해서 짓고, 보지도 않았으면서 힌타 새가 내려앉아 쉬었다고 짓고… 그 이유도 가지가지인데 이들이 또한 다분히 구복적인 샤머니즘적이라고 나는 생각한다. 물론, 여기서 샤면 곧 주술사의 입김이 작용하지는 않았지만 그 바탕이 같다는 것이 나의 판단이다.

나의 주장이 납득되지 않는다면 이곳 불교 신자들이 불상 앞에서 하는 신앙행위들을 보라. 헌화, 헌물(과일 향초 등), 헌금, 관욕식, 금박종이 붙이기, 경전 읽기 또는 암송하기, 합장기도 또는 절하는 행위 등이 다 무엇을 말해주는가. 또한, 영험하다고 널리 알려진 특정 지역의 특정 불탑이나 불상으로만 사람들이 몰리는 현상은 무엇이며, 아주 위태로운 바위 봉우리나 떨어질 듯 보이지만 떨어지지 않는 암석에 불탑을 쌓는 행위는 또 무엇이며, 유명한 그것들을 계속해서 흉내 내거나 모방한 것들이 나온다는 사실은 또 무엇이랴. 다 그놈의 복(福), 복과 무관하지 않다.

그래도 이해가 안 되는가? 불교 경전 속에서 동화(童話)처럼 얘기되어진, 픽션에 지나지 않는 신화(神話) 내지는 설화(說話)에 집착하면서 그것에 현실적인 의미를 부여하는 경향이 있는데 그것은 또 무엇인가? 이해하기 쉽게 예를 들어 보자. 부처가 명상수행 중일 때에 코브라가 부처 머리 위로 머리를 쳐들고 있음으로써 햇빛을 가려주고 비가 올 때에는 우산 역할을 해주었다는 내용에 집착한 나머지 불상 자체를 그런 모양으로 만들었거나, 실제로 어떤 사원에서는 아예 아나콘다처럼 큰 뱀을 사육하며 종교적인 의미로 재포장하는 곳도 있다. 이러한 점도 내 눈에는 다 원시 샤머니즘적인 요소에 지나지 않는다. 한 마디로 말해서, 다 원시적인 구복신앙에서 벗어나지 못한 것이다.

내가 꿈속에서 대화를 하듯이 나의 생각들을 정리하는 동안, 통통배는 파안 선착장(파안 제티)에 도착했다. 시간을 확인해 보니 오후 2시가 다 되었다. 점심도 거르고 오느라 다들 고생이 많았지만 나는 이곳 파안에서 구경하고 다시 몰레먀인으로 되돌아가야 하는 현실을 의식하지 않을 수 없었다. 그래서 급히 뚝뚝이를 타고 가이드북에서 미리 보아둔 레스토랑으로 갔다. '금강산도 식후경'이라는 말이 있듯이 식사부터 해야 했기 때문이다. 그러나 바로 이점 때문에 정작 봐야 할 것을 보지 못한 결과를 자초했다.

33

스스로 생각해도 황당한 실수였다

　나는 식당에서 점심을 먹는 동안, 버스 터미널로 가서 몰레먀인 표를 먼저 끊고 가용한 시간을 확인한 다음, 그 범위 안에서 돌아다닐 생각으로 터미널로 먼저 걸어갔다. 버스 타는 곳은 파안의 랜드마크인 시계탑이 있는 부근으로 그리 멀지는 않았다. 하지만 문제가 생겼다. 그것은 몰레먀인으로 가는 버스 막차가 오후 4시라는 것이다. 아니, 이곳에서 아무리 빠른 택시를 탄다 해도 약 8킬로미터 떨어져 있는 '짜욱 깔 랏 파야(Kyauk Ka Lat Phaya)'라는 불탑을 50분 내로 갔다가 되돌아온다는 것은 불가능하기 때문이다.

　나는 포기하자고 했고, 동행인은 억울했던지 뚝뚝이 기사와 그 가능성을 타진하고 있었다. 뚝뚝이 기사야 갔다 올 수 있다고 하면서 요금도 비싸게 불렀다. 나는 포기하자고 했지만 동행인은 갔다 오자고 했다. 그래서 결국엔 함께 뚝뚝이를 타고 갔다. 운전기사는 최대한 빨리 간다고 이리저리 다른 차들을 추월해 가지만 그 속도로 보아 원천적으로 불가능한 일이었다.

짜욱 깔 랏 파야(Kyauk Ka Lat Phaya) 옆으로 조성된 최신식 사원

　나는 마음속으로 표를 끊어놓은 버스를 돌아와 탄다는 것은 이미 물 건너갔다고 판단하고 포기하고 있었다. 이왕 이리 되었으니 그놈의 사원에 가보자는 식으로 오히려 태연하게 갔다. 하지만 운전기사는 달랐다. 자신의 말에 대한 책임감을 느끼는지 사원 입구에서 내려주면서 빨리 뛰어가서 사진만 찍고 오라고 재촉한다. '당연히 그래야지' 라며 달리듯 뛰어갔다. 뒤에서 바라보던 운전기사는 속이 타는지 쏜살 같이 뒤따라와 빨리 사진만 찍고 가자는 것이다.

　그래도 자기가 한 말에 대해서 책임을 지려는 태도가 가상하다. 나는 그에게 당신의 전화기로 전화를 걸어 이곳 사원 앞에서 버스를 탈 수 있느냐고 물어보라고 했다. 그랬더니 그가 전화를 걸어보고는 가능하다는 것이다. 시내에서 그 버스가 이곳까지 오려면 시간이 좀 걸릴 것이다. 그래도 운전기사는 자기 일처럼 우리를 다그쳤다. 우리는 어쩔 수 없이 목전에 사원을 두고 올라가보지는 못했다. 그저 사진 몇 장 찍고 돌아나올 수밖에 없었다. 그 이상한 바위 봉우리 위로 솟은 불탑 옆으로는 인공호수가 조성되어 있었고, 또 그 호수 옆으로는 넓은 면적에 최신식 사원이 세워져 있었다. 그리고 그 사원

파안의 짜욱 깔 랏 파야(Kyauk Ka Lat Phaya)

뒤로는 줴가빈 산(Mt.Zwegabin)이 병풍처럼 서 있었다.

나는 운전기사에게 시내로 들어가지 말고 이곳 승강장으로 데려다 달라고 했다. 그는 우리를 버스 승강장에 내려주었다. 승강장 바로 앞에 있는 가게 주인한테 예매한 버스표를 보여주며 이 버스표를 가지고 이곳에서 버스를 탈 수 있느냐고 물으니 가능하다고 했다. 우리는 안도의 숨을 쉬며 사탕수수 즙까지 짜 마셨다. 이윽고 버스 한 대가 왔다. 시내버스 같았다. 조수에게 버스표를 주면서 타려고 하자 이 표로는 안 된다고 했다. 그래도 우리는 타겠다고 했더니 표를 가져가면서 우리를 태워 주었다. 버스 안은 콩나물시루처럼 학생들과 인근 사람들로 가득 차 있었다. 그야말로 이리 밀리고 저리 밀리면서 한 30분 이상을 견뎌야 했다. 그것도 우리나라에서 중고차로 수입된, 한글간판도 떼지 않은 낡은 버스였다.

쮀가빈 산(Mt.Zwegabin)

 버스는 갈수록 한산해지는가 싶더니 어느 지점에서 또 가득 찼다. 그 때는 이미 좌석에 앉아 있었기에 문제가 되지는 않았다. 이렇게 두어 시간 만에 몰레먀인 버스터미널에 도착했다. 우리는 그래도 돌아왔다는 생각에서 숙소로 돌아가 샤워부터 하고 새 옷으로 갈아입고 근사한 레스토랑을 찾아갔다. 오늘만큼은 좀 잘 먹고 맥주도 한 잔 하자는 생각에서였다. 그렇게라도 해야 오늘의 아쉬움과 정신적으로 긴장했던 마음을 일소할 수 있었기 때문일 것이다. 이처럼 정보 부족은 실수를 하게 한다. 그러나 이것도 감사한 일이다. 꼭 보고 싶었던 것을 보지 못하면 아쉬움이 남게 마련이고, 그 아쉬움은 또 다른 희망을 갖게 한다. 배낭여행은 이래서 좋다.

몰레먀인을 떠나기 전날 밤에 뒤늦은 공부를 하다

나는 숙소에서 나와 걸어서 좀 깨끗하고 요리가 다양한 레스토랑으로 가겠다는 생각에서 강변을 따라 걸었다. 한참을 걸었다. 사람들이 북적대고 화려한 네온간판이 번쩍이는 곳이 눈에 띠었다. 내가 가지고 온 여행 가이드북 두 종이 있는데 그 어디에도 소개되지 않은 곳이었다. '보네 지 레스토랑(Bone Gyi Restaurant)'이었는데, 실내는 물론이고 바깥 테이블까지도 사람들로 만원이었다. 나는 손님이 나간 자리였지만 아직 치우지도 못한 자리에 앉았다. 비록, 저녁식사 시간에 비하면 조금 늦게 도착했지만 이것저것 요리를 주문했다. 분명, 둘이서 먹기에는 많은 양을 주문했다. 그리고 시원하면서도 그 맛깔과 향이 독특한 미얀마 맥주도 두어 병 주문했다.

우리는 천천히 식사를 겸해서 맥주를 마시며 이런저런 얘기를 했다. 특히, 오늘 있었던 실수에 대해서도 얘기했다. 우리가 어리석었던 것이다. 그놈의 통통배를 타고 상류로 거슬러 올라가면 5시간 이상이 걸린다는 사실을 알았으니 버스로 갔다가 올 때에 배를 타든가

했어야 했는데 그러지 못했다는 것이 큰 실수였다. 그리고 파안까지 갔으면 파안에서 적어도 일박은 했어야 옳다. 일박을 했더라면 몰레먀인으로 되돌아올 일도 없고, 그 다음 여행지인 낀뿐(Kinpun)으로 가기에도 가까울 뿐 아니라 여러모로 좋았을 텐데 정보 부족으로 시간을 많이 낭비했다는 생각이 들었다. 시간이 절약되었더라면 파안에서 당일치기로 동굴사원 투어를 했을 텐데 모든 게 아쉽게 되어버렸다.

보네 지 레스토랑(Bone Gyi Restaurant)

우리는 얼음맥주에 가까운 맥주 세 병을 마시고 약간의 취기를 느끼며 숙소로 돌아와서도 가이드북을 펴 보았다. 그리고 몰레먀인과 파안에 대해서 늦었지만 자세하게 읽었다. 그리고 내일 아침 버스를 타고 짜익 티 요(Kyaik ti yo)의 거점도시인 낀뿐(Kinpun)으로 가야 하기 때문에 짐을 정리하고 일찍 잠을 자야 했다. 하지만 내 맘처럼 쉽게 잠이 오지는 않았다. 침대에 누워 쉬면서 조금 전까지 있었던 일들을 생각하면서 그나마 다행이라는 생각도 들었지만 여러 가지 면에서 아쉬웠다는 생각을 떨칠 수는 없었다.

①버스표를 버리고 문제의 그 사원과 불탑을 샅샅이 보고 택시를 타고 몰레먀인으로 돌아와도 되는데 그때는 왜 그런 생각을 못했는가.
②카인 주의 주도인 파안에서 일박을 하며, 카인박물관과 꼬군 동굴사원(Kawgoon Cave Paya) 등도 가 볼 일인데 그러지 못했다. 이는 동선을 처음부터 잘못 짰다는 뜻이다.
③룸비니 가든(Lumbini Garden), 꼬까 따웅 동굴사원(Kawtka Thaung Cave Phaya), 싸다르 동굴사원(Saddar Cave Phaya) 등도 보았어야 하는데 그러지 못했다. 등등.

이제 와서 돌이킬 수는 없는 일이고⋯ 차라리 불을 끄고 잠을 청하는 편이 옳을 것 같았다. 그러나 도무지 잠이 오지 않았다. 방안에 불은 다 꺼졌지만 잠이 오지 않아 나는 옆으로 돌아누워 핸드폰으로 오늘 찍은 사진들을 쭉 들여다보았다. 정말이지, 가는 곳마다 불탑이고 사원이라니 이곳이야말로 처처불상(處處佛像) 사사불공(事事佛供)이로구나! 처처불상(處處佛像) 사사불공(事事佛供)이라! 나는 소리 없이 웃었다.

아, 이것이 무엇이지?

　도무지 잠이 오지 않는다. 나는 침대에 누워 오늘 찍은 사진들을 확대해 가며 일일이 훑어보았는데 기름냄새가 풀풀 풍기는 통통배를 타고 파안으로 가는 중에 잠시 육지로 접안하여 그곳에 있는 한 사원에 들렀었다. 솔직히 말해, 그 당시에는 그 사원의 이름조차 몰랐다. 눈에 띠는 글씨가 모두 미얀마 문자였고, 사전 정보가 없이 방문한 곳이었기 때문이다.

　지금까지 숱한 곳에서 보아왔던 불탑과 크게 다르지 않은 불탑이었고, 여러 신상(神像)이 모셔진 불전도 세 곳 이상이나 있었다. 가는 곳마다 청결하게 정리 정돈된 느낌이 들었고, 무언가 차분하게 가라앉은 분위기였었다. 건물과 건물 사이의 정원도 잘 가꾸어져 있었고, 그곳에 있는 나무들도 나름대로 이곳의 오래된 역사를 반영하고 있는 듯 보였다. 개인적으로는 부처님의 형상물들을 안치하고, 그를 존숭하는 질박한 사람들이 부처의 가르침을 실천하며 사는 곳 같았다. 한 마디로 말해, 절다운 절로 내 눈에 들어왔다.

코낫 파야 복합사원(Kawhnat Phaya Compound)에 속한 불탑 출입문에 그려진 힌타 버드

그런데 그곳에 당도했을 때에, 제일 먼저 찍은 사진이 불탑(佛塔)이었는데 한 가지 이상한 점이 발견되었다. 사진에서 보다시피, 불탑 안으로 들어가는 흰색의 출입문 위쪽에 새 한 마리가 금색으로 그려져 있었다. 지금까지 한 번도 보지 못한 문양(紋樣)이었다. 흰 사자나 코끼리나 코브라(나가) 등의 조형물은 보았지만 작은 새(?)는 처음이다. 분명, 저것이 저기에 그려져 있을 때에는 어떤 의미가 있었을진대 나로서는 알 수 없는 일이었다. 혹시, 극락에 있다는 새의 한 종류

일까? 그렇다면, 거위·기러기·오리·해오라기·학·공작·갈라빈가·명 명조들 가운데 하나일까? 나는 사진의 그 부분을 확대해 자세히 들여 다보았다. 머리와 부리로 보아서는 오리에 제일 가깝다는 판단이 들 었다. 다시 그렇다면, 왜, 하필, 오리일까? 하지만 나는 알 수 없었다.

미얀마 여행을 마치고 집으로 돌아와 바고(Bago)에서 샀던 책을 읽 고 있었는데 그 속에 있는 「한타와디의 간추린 역사(A Brief history of Hanthawaddy)」라는 글 가운데 이런 내용이 있음을 보면서 나는 그 새 를 떠올리며 무릎을 쳤다.

그 내용인 즉,

연대기에 의하면, 고타마 붓다와 그의 제자들은 초자연적인 힘으로써 대양(大 洋) 위를 날아다녔고, 그들은 '힌타(Hintha)'라고 하는 황금오리를 보았다. 그 황금 오리는 물에서 솟아올라 꼭대기에 내려앉았는데 암컷은 수컷의 뒤에 붙어 있었 다. 둘이 내려앉아있을 공간이 없었기 때문이다. 붓다가 예언하기를, 어느 날 이 곳에서 위대한 나라가 출현할 것이라 했기에 미얀마 몬족들은 이 '힌타'라는 새 를 단순한 힘이 아니라 문명적인 삶의 상징으로 여기고 받아들였다.

는 것이다.

그 순간, 나는 아, 그렇구나! 저 오리 모양의 새가 바로 불경(佛經)에 나오는 '힌타 버드(Hintha bird)'로구나 했다. 이렇게 여행 중 잠들지 못하는 밤에 생겼던 궁금증 하나가 이제야 비로소 해소되었다.

36

짜익 티 요(Kyaik ti yo)로 가는 험로(險路)

7시 아침 식사, 7시 20분 픽업차량 승차, 8시 버스 터미널에서 버스승차 완료, 출발 4~5시간 후 낀뿐(Kinpun) 도착, 호텔 체크인과 동시에 바고(Bago) 행 버스표 예매, 짜익 티 요 사원(Kyaik ti yo Phaya) 방문, 저녁식사 후 취침, 이것이 오늘 내가 해야 할 일이다.

아침 8시에 출발한 고속버스를 타고 채 3시간이 걸리지 않고 낀뿐 입구 예약된 선 라이즈 호텔(SUN Rise Hotel) 정문 앞에 도착했다. 약 152킬로미터이지만 도로 포장상태가 비교적 양호했기 때문에 예상보다 빨리 도착했다. 우리는 호텔에 체크인하고, 짐을 풀고, 곧바로 짜익티요로 갔다. 하지만 그곳으로 가는 절차는 복잡했고 험했다.

먼저, 낀뿐이라고 하는 작은 시내에 있는 트럭터미널로 가서 트럭들이 주차되어 있는 곳으로 간 다음, 두 사람이라 했더니 트럭 승강장 안으로 안내됐고, 트럭 짐 실리는 칸에는 긴 의자 일곱 줄이 놓여 있었고, 한 줄당 여섯 명씩 앉아 다 차야만 출발하는 것이었다.

'짜익 티 요 사원'으로 가는 트럭 주차장

'짜익 티 요 사원'에서의 관욕식

자리로 안내하는 요원이 사람들의 체형과 크기를 보아 빈자리에 척척 앉힌다. 만석이 되어야만 출발하는 트럭을 개조한 차는, 가는 도중에 편도 요금 1인당 2,000짯씩을 받고, 다른 요원은 보수공사 중인 짜익티요 후원금을 희망자에 한해서 받는다. 차가 지정된 자리에 멈추어 서면 한 젊은이가 후원금을 받는 이유에 대해서 그럴듯한 목소리로 장광설을 늘어놓으며 은색 큰 그릇을 들고 다닌다. 이 때 주변에서는 각종 음료나 기타 물건들을 파는 사람들이 소리를 지르며 왔다 갔다 한다. 이런 과정이 약 십여 분 이상 소요되는 것 같았다. 이때 트럭에 만석이 되었는지 날카로운 눈매로 쭉 훑어보고 지나가는 사람도 있다. 나는 속으로 '이곳 시스템이 그렇구나' 하는 생각을 했다.

이런 절차를 밟은 트럭은 다시 꾸불꾸불 산위로 올라간다. 한참을 요란스럽게 올라간 트럭은 케이블카가 설치되어 운행 중인 케이블카 출발지에 정차하게 된다. 이때 관련 직원이 나와 안내 설명을 한다. 내가 탄 트럭에서도 상당수가 내렸다. 아마도, 그들의 감언이설(?)에 속아 케이블카를 타기 위해서일 것이다. 그리고 나면 트럭은 다시 출발하여 계속 달린다. 길이 워낙 구불구불하고 포장상태가 좋지 않아 승객들은 흔들리며 좌충우돌하느라 한참을 시달린다. 빈자리가 생기니 좌우로 더 많이 흔들리는 것 같다. 어쩌면, 여섯 명씩 일곱 줄이 만석이 되어야 출발시키는 것도 이 안전과 무관하지 않다는 생각이 들었다. 내려올 때도 마찬가지다. 이 역순으로 이루어진다.

우리는 트럭에서 내려 짜익 티 요가 있는 곳으로 걸어갔다. 신발과 양말을 벗고 들어 가야하는 현관문이 나오고, 조금 더 가면 체크 포인트가 나오는데 의자에 앉아있는 사람이 외국인인지 내국인인지 잘도 가려내어 입장권 티켓을 끊으라고 요구한다. 안내를 받아 사무실 안으로 들어가면 장부에 이름과 국적을 기재하라 하고, 돈을 내면 목에 걸고 다닐 수 있는 영수증을 준다. 입장료는 일만 짯이다.

짜익 티 요로 가는 길 좌우로는 상점들이 즐비하고 심지어는 숙박업소(게스트하우스 & 호텔)까지 있으며, 식당과 노점 등으로 여느 도시처럼 사람들이 많고 북적인다. 우리는 계속 군중들과 함께 걸어갔다. 물론, 중국에서처럼 사람을 태우는 가마도 있고, 짐만 대신 들어다주는 짐꾼들

미얀마 몬 주에서 발행하는 외국인 입장권

도 눈에 띄었다.

이윽고 너른 광장이 나오고 여러 가지 용도의 건물들이 신축되어 있음을 확인할 수 있었다. 사람들은 이 너른 광장에서 여기저기에서 모여 쉬기도 하고, 무언가를 먹기도 하고, 아예 누워 자는 사람들까지 보인다. 그런가하면, 단체로 예불(禮佛)을 드리는 곳도 있고, 보리수나무 밑에서 젊은 스님들이 모여 쉬기도 한다.

가까이 가서 바라본 짜익 티 요! 황금바위는 공사 중이었지만 사람들로 그 주변이 북새통을 이루고 있는데, 자국인들이 훨씬 더 많아보였다. 그들은 기도하러 온 듯 보이며 실제로 촛불을 켜고, 관욕식을 하며, 중얼중얼 기도하는 사람들도 곧잘 눈에 띈다. 뿐만 아니라, 그 황금바위에 여전히 금박을 입히는 사람들도 줄을 서서 들어간다. 스님들도 단체로 몰려와 기도·독송하는 등 나무그늘 밑에 앉아 쉬기도 한다. 이곳에서는 관광객이나 기도하러 온 불자들이나 순례차 온 스님들이나 다 똑 같다.

나도 황금바위가 있는 곳에서 사방을 내려다보았고, 능선을 따라 조금만 내려가면 산상(山上) 도시(都市)처럼 대단위 마을이 조성되어 있음도 볼 수 있다. 우리는 주변을 살펴보고 다시 역순으로 걸어 나오면서 한 레스토랑으로 들어가 커피를 시켜 마시며 배낭 속 빵과 약간의 간식을 먹었다. 그리고 다시 트럭을 타고 하산했다. 참고로, 낀뿐 트럭 터미널에서 황금바위까지는 약 15킬로미터로 '황금바위산길(Golden Rock Mountain Rd.)'을 따라 35 ~ 50분 정도 가야 한다. 게다

가, 트럭에서 내린 자리에서 걸어서 또 15분 이상 걸어가야 한다.

우리는 먼지를 많이 뒤집어썼기 때문에 숙소로 돌아와 샤워부터 하고 호텔에 딸린 레스토랑에서 저녁식사를 하고, 바람을 쐬러 800미터 정도 떨어진 낀뿐이라는 작은 시내로 걸어갔다. 온갖 상점들이 모여 커다란 시장이 형성되어 있었고, 점점 확장되어가는 모양새로 보였다. 우리는 사지도 않을 상품들을 아이쇼핑하면서 한 바퀴 돌아보았다. 나오면서 이곳에서 흘러내리는 작은 하천을 보니 쓰레기투성이인데다가 물도 썩어 있는 듯 좋지 않은 냄새가 풍겼다.

이곳 짜익 티 요는 산 정상(해발 1102미터) 모서리에 7.3미터 높이의 둥그스름한 돌이 올려져 있고, 그 돌 위로 불탑이 세워져 있다. 부처님의 머리카락 사리가 모셔져 있다는 얘기가 전해지며, 이 바위에 금박을 입히며 소원을 빌면 무엇이든 다 이루어진다고 믿고 내국인들이 대거 몰리는 상황이다. 혹자는 여러 가지 이유를 들면서 불교보다는 낫 신앙적 요소가 많다고 말하기도 한다. 그럼에도 불구하고, 미얀마 불교 4대 성지 가운데 하나로 치는 것도 사실이다. 곧 ① 양곤에 쉐다곤 파야, ②바간의 아난다 파야, ③만달레이의 마하무니 파야 ④낀뿐의 짜익 티 요 등이 그것이다. '나는 이미 미얀마 4대 불교성지를 다 순례했으니 부처님의 각별한 보살핌이 있을까?' 혼잣말로 중얼거려본다.

37

짜익 티 요 사원을 둘러보고

미얀마를 대표하는 사원들 가운데 하나인 짜익 티 요 파야로 낀뿐
에서 개조한 트럭을 타고 갔다. 트럭에서 내려 그 유명한, 산의 모서
리 큰 바위 위로 작은 바위가 떨어질 듯 위태롭게 걸려있는데 그 작

'짜익 티 요 사원(Kyaik ti yo Phaya)'로 들어가는 입구

짜익 티 요 사원을 순례하는 젊은 수도승들

은 바위 정수리에 불탑이 끝이 뾰족한 고깔모자처럼 세워져 있다.

　그 작은 바위 전체에 금박으로 덮여 퍽이나 인상적인 모습을 그림 엽서로 처음 대한 게 십 년 전도 더 되는 것 같은데 오늘 비로소 내 발로 걸어가 본 것이다.

　사진에서 보는 것처럼 흰 사자 두 마리가 출입문을 지키고 있고, '힌타(Hintha)'라고 하는 황금오리도 있다. 이 출입문에서부터 신발과 양말을 벗고 한참을 걸어가는데 길 좌우 양쪽으로는 온갖 상점들이 가득 차 있고, 이방인에게 입장권을 파는 체크포인트도 있고, 게스트하우스와 호텔까지도 있다.

　그리고 언제부턴가 사람들이 몰려와 없던 법회실과 불자들을 위한 숙박시설들이 들어서 있고, 짜익 티 요 황금바위 부근으로는 평평한 광장과 아기동산도 마련되어 있다.

그런데 어디서 온 사람들인지 말 그대로 인산인해(人山人海)를 이루었다. 내 눈에는 절대다수가 미얀마 사람들로 보였는데 이들은 잠시 들렀다가 가는 사람들이 아닌 것 같았다. 광장을 거의 가득 메운 사람들은 햇빛을 피해 건물 주변으로, 그리고 나무 밑 그늘로 모여 있었는데 앉아서 무언가를 먹는 사람, 두 다리를 뻗고 자는 사람, 앞사람과 대화를 나누는 사람 등 가족 단위로 몰려와 쉬면서 '어느' 때를 기다리는 사람들 같았다. 이들을 상대로 한 법회가 있는지, 아니면 기도에 특별히 효험이 있는 시간이 따로 있는지, 아니면 일몰이나 일출을 기다리는 사람들인지 알 수는 없었다.

황금바위 부근으로 가까이 가보면 촛불과 향이 불타고, 작은 부처 상에 물을 붓는 사람, 구석진 자리에 앉아 경을 암송하거나 책을 펴 읽는 사람, 합장하며 중얼중얼 기도하는 사람 등등 매우 다양하다. 그런가하면, 아기동산에 보리수 밑으로 앉아 쉬고 있거나 한담을 나누는 젊은 스님들도 있고, 어느 별실에서는 한창 법회가 진행 중이다. 또 그런가하면, 줄을 지어 황금바위로 가 금박을 붙이는 스님들과 민간인들도 보인다. 하지만 황금바위는 대대적인 공사를 하는 중으로 전체가 대나무와 사다리와 가림막이 설치되어 있었다.

그리고 황금바위 앞 광장 한 쪽으로 난 능선을 따라 내려가면 수많은 집들이 산상(山上) 도시(都市)를 방불케 했다. 도대체, 이곳에 사람

들은 왜 오는 것이며, 와서 무엇을 하며, 무엇을 얻고자 하는 것인가? 정말이지 묻고 싶었다. 영험(靈驗)하기로 소문나 평생 살며 한 번쯤 순례하고픈 곳이라 하니 '그냥 가보고 싶다'에서부터 '갖가지 소원을 빌러 오는 것'이겠지, 하고 치부해 버릴 수도 있는데 과연 이곳의 무엇이 사람들을 끌어 모으는지 궁금하지 않을 수가 없다.

속된 말로 기도발이 잘 듣는 곳이니까 소원하는 바를 빌기 위해서? 만약, 그렇다면 그 소원들은 또 무엇일까? 건강, 출세, 재물, 기타 원하는 바를 이루고자하는 것 일체가 복(福)이란 낱말 하나로 바꾸어 표현될 수 있겠지만 도교(道敎)의 피가 흐르는 중국인들처럼 그놈의 복(福), 복을 받기 위해서 부처님께 아니면 황금바위 정령께 빌고 또 비는 것일까. 어쩌면, 절대 다수가 그럴지도 모른다. 혹시, 부처님처럼 생로병사가 계속되는 환생(還生)의 고리를 끊어버려 더 이상의 생멸이 없는 '절대적 자유, '절대적 무(無)'를 꿈꾸는 것일까? 아니면 '절대적 평등' 사회를 꿈꾸는 것일까?…. 그럴 리는 없을 것이다.

내가 읽은 가이드북에서는 '전설에 의하면'으로 시작해서 밑도 끝도 없는 얘기가 장황하게 기술되어 있는데 그것이 사실이라면 미얀마 사람들의 의식 속에 부처란 인물이, 아니면 존재가 어떻게 자리매김 되어 있는지 짐작이 될 줄로 믿는다. 곧, 11세기 경, 이 지역을 다스리던 티샤(Tissa) 왕이 있었는데 한 수행자가 찾아와 자신의 머리카락 틈에 보관해 오던 부처님 머리카락을 모셔 놓을 곳을 요청하면서 자신의 머리통을 닮은 바위에 안치해 주었으면 좋겠다는 말을 했다는 것이다. 그 말을 듣고, 티샤 왕은 정령의 도움을 받아서 바다 속에서 이 바위를 건져 냈고, 그 위에 불탑을 세워 기증 받은 부처의 머리카락을 안치시켰다는 것이다. 뿐만 아니라, 이 둥근 바위덩이가 바닥에 닿지 않고 떠 있으며, 그럼에도 불구하고 아래로 굴러 떨어지지 않는 것은 신령스런 불발(佛拔) 때문이라고 믿는다는 것이다. 여기에 한 수 더 두어서 이 짜익 티 요를 세 번 참배하면 부자가 된다는 속설까지 퍼져 있다는 것이다. 이쯤 되면, 미얀마 내에 있는 불탑들과 그것들을 순례하며 기도하는 사람들의 잠재된 의식을 능히 엿볼 수 있으리라 본다.

끈뿐에서 바고(Bago)로 이동하여 시티투어하기

1) 끈뿐에서 바고로 이동한 뒤 시내 투어 방식이 결정되다

호텔 앞에서 오전 8시에 버스를 타고 약 100킬로미터 떨어져 있는 바고로 가서 시티투어를 한 다음, 약 80킬로미터 떨어진 양곤으로 입성하는 것이 오늘 내게 주어진 임무였다.

8시 10분경, 호텔 정문에서 양곤 행 버스에 올라타고, 2시간 40분 만에 바고 외곽에 도착했으나, 버스는 더 이상 바고 시내로 들어가지 않고 이곳에서 내리라 한다. 대부분의 승객들은 양곤으로 가는지 내리지 않았고, 우리 두 사람과 프랑스에서 온 늙은 부부 한 팀이 내렸다. 낯선 길거리에 내리게 되자 뚝뚝이 삐끼가 다가와 바고 버스터미널까지 일 인 일천 짯을 주면 태워다 주겠다고 한다. 그래서 우리는 프랑스 사람과 넷이 탔다. 뚝뚝이는 우리를 바고 터미널에 내려주었고, 우리는 일단 버스회사 사무실로 들어갔으나 프랑스 노부부는 걸어서 어디론가 갔다. 딱히 예약된 호텔이 없다고도 했다. 아마도, 그때그때 숙소를 찾아서 숙박하는 것 같았다.

우리가 버스 회사 사무실로 들어서자 사무장쯤으로 보이는 분이, 어디를 갈 것이냐? 이곳 바고에서는 여행을 안 할 거냐? 등등 묻고 대답하다가 바고에서의 여행지 예닐곱 곳을 돌아다니는데 택시로 걸리는 시간과 요금 등을 적극적으로 안내해 준다. 이방인에 대한 호의라면 호의였고, 비즈니스라면 철저한 비지니스였다. 우리는 더운 날씨와 이동수단 및 거리 때문에 택시를 흥정을 할 수밖에 없는 상황이었는데, 그가 먼저 바고에서 몇몇 사원들과 왕궁 등을 둘러본 다음, 예약된 양곤의 호텔까지 데려다 주는데 50달러를 요구했다. 우리는 망설이다가 40달러로 할인해 달라고 부탁했고, 약 10여 분 줄다리기를 하다가 결국 40달러에 최종 낙찰을 보았으며, 5분도 안 되어서 택시가 와 있었다. 우리는 택시를 탔고, 정해진 순서대로 사원들과 왕궁 등을 돌아보았다. 물론, 중간에 택시 기사와 함께 현지 식당으로 들어가 점심을 먹고, 또 커피도 함께 마시는 시간을 가졌다. 이날 바고를 떠나기 전까지 우리가 돌아다닌 곳들은 일곱 곳 이상의 불교 사원과 한 곳의 왕궁이었다.

2) 바고에서 사원 둘러보기

'버고' 또는 '페구(Pegu)' 또는 '한타와디(Hanthawaddy)'로 불리기도 했던 현재의 '바고'는 미얀마 바고 구(區)의 구도(區都)이다. 양곤에서 약 80킬로미터 떨어져 있고, 인구는 약 22만 명 정도로 추산된다. 전설에 의하면, 바고는 537년 타툰(Thaton)으로부터 온 몬족 여왕이 창설했다고 전해지고, 역사적 기록으로는 850년 경 아라비안 지리학자 이븐 쿠다드빈(Ibn Khudadhbin)에 의해서라는데, 이 바고로 수도

바고를 대표하는 쉐모도 파야(Shwemawdaw Phaya)

를 옮겨온 몬 왕조는 825년에 타말라(Thamala)와 그 뒤를 이은 그의 형제 위말라(Wimala)에 의해서 통치되었다고 한다. 그 뒤 바 타우 여왕 재위시기(1453~1472)에 승려였던 담마제디를 후계자로 내세우게 됐고, 그 담마제디 통치(1472~1492) 하에서 이곳이 상업과 상좌부 불교 중심지가 되었다고 한다. 그 후 1539년에는 따웅우 왕조의 떠빈 슈웨티 왕에 의해 병합되었고, 버마족의 지배를 받으면서 퇴색했다고 전해진다.

그러니까, 나는 고대 몬족의 한 때 수도였던 바고에 온 셈이고, 그 전성기였던 담마제디 승려 통치하에서 번영했던 상업과 불교의 중심지, 그 고도(古都)에 와 있는 것이다. 더욱이 현재의 미얀마 땅에 몬족이 최초로 상좌부 불교를 받아들였다는데 그 몬족의 중심지인 몬 주(Mon State)의 현재 주도(州都)인 몰레먀인(Mawlamyine)에 있는 사원들과, 낀뿐(Kinpun)의 유명한 짜익 티 요 사원과, 그리고 인접한 카인 주(Kayin State)의 주도(州都)인 파안(Hpa-an)에 있는 사원을 돌아보고 나서 이 바고에 와 있는 것이다. 몬족의 한 때 왕도였던 따툰(Thaton)에 고대 인도의 아쇼카(Ashoka Maurya:) 왕(기원전 265~기원전 238 또는 기원전 273~기원전 232로 추정)이 보낸 두 명의 승려 곧 아신 소나(Ashin Sona)와 아신 우타라(Ashin Uttara)가 상좌부 불교를 전함으로써 5세기에 이곳 사람들은 이미 불자(佛子)가 되어 있었다 한다. [*『Guide To Bago -THE ANCIENT ROYAL CITY OF HANTHAWDDY』17페이지에 기록된 내용인데 앞뒤가 맞지 않는 것 같다. 인도 마가다국 제3왕조인 마우리아 제국의 세 번째 황제인 아쇼카 왕은 기원전 사람인데 어찌 그가 5세기에 두 승려를 타툰으로 보냈다고 하는가? 아마도 기원전 3세기라면 몰라도 말이다.] 어쨌든, 미얀마에 최초로 불교를 받아들인 몬족의 고대 왕도였기에 이곳에 불교 사원은 미얀마 불교의 원형 격이라 해도 크게 틀리지 않을 것이라고 추론하면서 은근히 기대되는 바 없지 않았다.

따라서 타툰 왕국에서 파견된 신 아라한에 의해서 버간 왕조에 불교가 전래되어 불길처럼 번졌지만, 그 전에 이미 인도로부터 두 승려에 의해서 전파된 상좌부 불교가 타툰 왕국에서 꽃 피웠고, 그 주체세력인 몬족들이 명멸을 거듭하면서 한 때 이곳 바고에 불교를 부흥 발전시켰다 하니 바고에 있는 사원들을 유심히 살펴볼 필요가 있다는 생각이 들었다. 솔직히 말해서, 처음에는 이런 생각조차 못했지만 미얀마 고대사와 왕조별 왕도와 그곳들에 세워진 사원들을 추적하듯 공부하다보니 이런 생각까지 하게 된 것이다.

여하튼, 나는 택시가사의 안내를 받으며, 시내에 있는 유명 사원들을 하나하나 둘러보기로 하고 처음부터 아예 맨발로 걸어 다녔다. 왜냐하면, 사원 입구에서부터 신발과 양말을 벗고 들어가야 하는데 한 번 들어갔다 나오면 발바닥이 새까맣게 변하기에 번번이 씻거나 닦아낼 수 없기 때문이다.

제일 먼저 간 곳이 '쉐모도 파야(Shwemawdaw Phaya)'이다. 이 파야는 기원전 5세기에 왕에 의해서 지어졌고, 인도로부터 두 상인(Taputha & Balika)이 가져온 부처님 머리카락과 치아 사리를 모셨다고 하며, 누대를 거치면서 탑의 높이가 점점 높아졌는데 특히, 잦은 지진으로 붕괴될 때마다 왕들은 더 높이 재건해 왔다는 기록이 남아 있다. 한

가지 재미있는 사실은, 1917년 지진으로 탑두가 부러지면서 땅바닥
으로 굴러 떨어졌는데 그것들을 현재의 불탑 전면에 그대로 세워 놓
고 관리유지하고 있는데 여기에 이런 의미를 부여하고 있다. 곧, 탑
두가 땅으로 굴러 떨어진 것은 순례자들로 하여금 보다 가까이에서
보고 숭배하라는 것이라고 말이다. 이 얼마나 아전인수(我田引水) 격의
해석이며, 종교인들이 ― 비단, 종교인들 뿐만은 아니지만 ― 갖는 한 사

유의 특징을 적나라하게 반
영하고 있는가. 물론, 사람마
다 정도 차이는 있겠지만 무
관한 현상을 자신에게 유리
한 쪽으로 해석하려는 경향
은 누구에게나 있다. 그렇지
만, 지진으로 무너진 탑을 놓
고도 순례자들이 보다 가까
이에서 경배를 드릴 수 있도

록 한 신(神)의 뜻이라고 해석
하니 무슨 할 말이 있겠는가.

무너져내린 탑두가 새롭게 단장 되어 있다

하긴, 큰 바다 위로 솟구친
'힌타(hintha)'라는 경전에 나
오는 황금 새가 날아올라 이
곳 언덕에 앉아 쉬었다며 그
자리에 힌타 곤 파야(Hintha
Gon Phaya)를 지어댄 사람들이
고 보면 무슨 말인들 못하랴.

힌타 버드(Hintha Bird)를 형상화한, 보석으로 장식된 곽

두 번째로 간 곳이 와불(臥佛)이 모셔진 세 사원이다. 하나는 '세인 탈라웅 파야(Sein thalayaung phaya)'이고, 다른 하나는 '먀 딸라웅 파야(Mya Thalyaung Phaya)'이다. 그리고 또 다른 하나는 '쉐 탈라웅 파야(Shwe Tharlyaung Phaya)'이다. 부처가 누워있는 모습이라도, 먀 탈라웅 파야는 휴식을 취하는 모습으로 옆으로 길게 누워있으며 실외에 모셔져 있지만, 세인 탈라웅 파야와 쉐 탈라웅 파야는 부처가 열반에 드는 모습으로 공히 실내에 모셔져 있다. 휴식을 취하는 부처 모습은 팔베개를 하고 있지만 열반의 모습은 공히 화려한 베개를 베고 있으되 약간 비스듬하게 누워있는 자세로 젊은 여성처럼 눈썹과 입술과 얼굴 등을 분장한 상태로 묘사되어 있다. 이들 삼자 가운데 쉐 탈라웅 파야(Shwe Tharlyaung Phaya)는 사원 안팎으로 인산인해를 이루고 있었고, 온갖 상품을 파는 상점들까지 북적대었다. 그 많고 많은 인파 속에서 내가 이방인임을 알아차리고 달려와 티켓을 보여 달라는 젊은 여직원과의 만남도 바로 이곳에서였다.

세 번째로 간 곳이 마하 제디 파야(Maha zedi Phaya), 짜익 푼 파야

바고 구에서 발행한 깐 보자 따디 황금궁전 입장권.
이 티켓 하나로 바고 시내 유명 사원 네 곳을 두루 들어갈 수 있다

(Kyaik Pun Phaya), 쉐굴레이 파야(Shwegulay Phaya)이다. 마하 제디 파야
는 1560년 바인나웅(Bayint Naung) 왕에 의해 지어졌고, 스리랑카로부
터 선물로 받은 부처의 치아사리를 모셨다 한다. 왕의 딸(Datu Kalya)
이 태어나는 날 완공되었다 하며, 지진으로 무너진 것을 일곱 차
례나 보수·증축하여 현재의 모습이 된 것은 1978년이며, 현재 탑
의 높이가 333피트라 한다. 쉐굴래이 파야(Shwegulay Phaya)는 1494
년에 빈냐 란(Binnya Ran) 왕에 의해서 지어졌고, 내부 회랑(a circular
tunnel)에 64개의 부처상이 모셔져 있다. 짜익 푼 파야(Kyaik Pun Phaya)
는 1476년 담마제디(Dhammazedi) 왕에 의해서 지어진 88피트 높이
의 좌불상이 동서남북 사면에 안치되어 있다. 동쪽에는 구나함모니
불(Kawkotthan Buddha)이, 서쪽에는 가섭불(Kassapa Buddha)이, 남쪽에는
구류손불(Kawnagon Buddha)이, 북쪽에는 석가모니불(Gautama Buddha)이
모셔져 있다.

   네 번째로 간 곳이 마하 칼야니 테인(Maha Kalyani Thein)과 짜카

짜익 푼 파야(Kyaik Pun Phaya)의 4면상

세인 탈라웅 파야(Sein thalayaung phaya) 내부 회랑의 모습

와잉 마나스터리(Kyakhat Waing Monastery)이다. 마하 칼야니 테인은
1476년 마하제디 왕에 의해서 지어졌지만 1599년 필립 드 브리토
위 니코테(Philip de Brito Y Nicote)에 의해서 파괴되었을 뿐 아니라 계
속되는 전쟁·화재·약탈·지진 등으로 견디지 못했다. 1594년 재건
되었는데 법당은 원래 복층이었지만 단층으로 바꾸었다 한다. 지붕
은 스리랑카 식으로 했으며, 28개의 부처상이 안치되었다. 이곳에
는 담마제디 왕 때에 쌓은 작은 불탑이 있는데 수세기가 흐르는 동
안 그대로 유지·관리되고 있다 한다. 그리고 짜카 와잉 마나스터리
(Kyakhat Waing Monastery)는 바고에 있는 많은 수도원들 가운데 한 곳
으로 일종의 승가대학 같은 곳이다. 젊은 사람들이 수계를 받고, 여

러 단계의 불경 시험을 치르기 위해서 공부하는 곳으로, 아침에 탁
발을 허용하지 않았다 하며, 하루에 두 끼니의 식사를 사원의 주방
에서 자원봉사자들이 준비하는데 그에 필요한 식자재와 현금 등은
후원자들이 주로 제공해 왔다고 한다. 낮 12시 이후에는 비구든 비
구니든 초심자이든 견과류와 커피 차 같은 음료도 허락되지 않았다
고 한다. 한때 천 명 이상의 수도승들이 이곳에서 살며 수도사의 길
을 걸었다 한다.

  다섯 번째로 간 곳이 깐 보자 따디 궁전(Kanbawza Thadi Palace)이다.
깐 보자 따디 궁전(Kanbawza Thadi Palace)은 한따와디 왕조가 1556년

깐 보자 따디 궁전(Kanbawza Thadi Palace)

깐 보자 따디 궁전(Kanbawza Thadi Palace)의 테라스

에 세운 몬족 왕궁으로 정사각형 대지 위에 조성했다는데 한 면의
길이가 1.8킬로미터라 한다. 전체 20개의 문, 76동의 건물과 홀 등
이 있었다 하는데 1599년에 일부 건물이 불에 타 없어졌으나 1992
년에 현재의 모습으로 복원되었다 한다. 주 건축자재가 목재이지
만 겉면이 도금되어 있어 화려한데 특히, 외관의 지붕과 테라스, 내
부의 기둥, 천정, 창문, 벽, 왕좌, 왕의 가마 등은 화려함과 섬세함의
대명사처럼 느껴진다. 이런 목공예 장식은 우리들의 눈이 번쩍 뜨이

깐 보자 따디 궁전(Kanbawza Thadi Palace)의 천정

게 하는 정도였다.
그래서 몬족이란 종
족에 대해서 새삼
관심이 갔던 것도
사실이다. 16세기
중반이면 우리는 조
선시대 명종(明宗)과
선종(宣宗) 때인데 그
시절과 비교해 보면
화려하기 이를 데
없다는 생각도 들었
던 게 사실이다.

깐 보자 따디 궁전(Kanbawza Thadi Palace)의 왕좌 앞에서
포즈를 취한 미얀마 여성

39

양곤으로 복귀하여 귀국 준비하다

오후 3시가 넘어서 바고 시티투어를 마치고 운전기사와 함께 음료수를 마시며 잠시 숨을 돌린 뒤 양곤의 예약된 숙소로 출발했다. 이곳 바고에서 양곤까지는 약 80킬로미터 떨어져 있는데 2시간 이상이 소요되었다. 양곤 시내로 들어서면서 차가 많아져 막혔기 때문이다.

오후 5시 반경에 호텔에 도착했고, 운전기사에게 수고했다며, 팁 5,000짯을 주었더니 고맙다며 자기의 핸드폰으로 사진을 함께 찍자해서 포즈를 취해 주었다.

호텔 안으로 들어가 체크인부터 하고, 샤워를 한 다음, 밖으로 나와 'MB'라는 체인점으로 들어가 저녁식사를 간단히 했다. 그리고 가게에 들러 맥주 두 캔과 약간의 안주류를 사가지고 들어와 마셨다. 미얀마에서 마지막 밤을 그동안의 여행 관련 동선을 쭉 뒤돌아보며 총 정리하듯 뒤돌아보다가 밤 10시가 조금 지나 잠을 청했다.

내일 아침 5시 반에는 택시를 타고 공항으로 나가야 하기 때문이다. 하지만 잠에 쉬이 떨어지지 않았다. 내 머리 속에는 몇 가지 이해되지 않는 점들이 있었고, 그것들이 자꾸 떠올랐기 때문이다.

그 하나는 '부처님의 사리가 그렇게 중요한가?'이고, 그 둘은 '소설 같은 경전의 내용에 너무 집착한다.'는 점이고, 그 셋은 '불탑을 쌓고, 부처님 형상물을 만들어 모셔 놓고 그것들에 경배드리는 신앙적 행위가 과연 무엇에, 부처의 어떤 가르침에 근거하는가?'였다. 솔직히 말해, 나는 불교 경전들을 비교적 많이 읽어온 사람 가운데 한 사람이지만 그 내용들을 동시에 한 자리에 펼쳐놓고 내려다 볼 수 있으면 좋으련만 그러지 못함이 여간 아쉬운 게 아니다. 아무리 머리를 굴리고 기억을 떠올려 보아도 내가 궁금해 하는 답을 찾기가 쉽지 않다.

한 가지 이해되지 않는 점

미얀마 내에 있는 불교사원들 가운데에는 아주 큰 뱀을 모셔놓고 (?) 손님들을 끄는 곳이 있었다. 이런 사원을 두고 '모에 파야(Hmowe Phaya)'라고 부르는데 나는 만들레이에서 한 곳을 보았고, 바고에서도 보았다. 그들은 왜, 이런 엉뚱한 짓을 할까? 물론, 이런 행위와 믿음은 어느 날 갑자기 하늘에서 그들에게 뚝 떨어진 것은 아닐 것이다. 내가 추측컨대, 내가 과거에 읽었던, 「불설태자서응본기경(佛說太子瑞應本起經)」에 나오는 소설 같은 얘기에 근거하고 있다는 생각이 들었다. 차제에 그 내용을 찾아 이곳에 옮겨 놓자면 아래와 같다.

부처님께서 일어나셔서 '문린(文隣)'이라는 눈먼 용이 살고 있는 무제수(無提水) 속에 이르시어 7일 동안 좌정(坐定)하셨으나 호흡이 가쁘지 않았다. 광명이 물속을 비추자 용이 눈을 뜨게 되어 스스로 전과 다름없이 알게 되었다. 3불(佛)의 광명을 보고 눈으로 문득 볼 수 있게 되자 용왕은 기뻐하면서 깨끗이 목욕하고 이름 있는 향·전단(栴檀)·소합(蘇合)을 가지고 물 밖으로 나와 부처님의 상호(相好)를 보고 마치 나무에 피어 있는 꽃과 같은 광명의 그림자로 부처님의 앞을 일곱 겹이나 둘렀고, 몸은 부처님의 주위에서 40리나 떨어져 있으면서도 일곱 개의 머리를 가진 용이 부처님 위를 펼쳐진 채 덮고 있었으니, 그것은 모기와 등에 따위의 해충과 추위와 더위의 장애를 막기 위해서였다. 때마침 7일 동안이나 비가 내렸는데 용은 일심으로 목말라 하거나 배고파하지 않았다. 7일 만에 비가 그치자 부처님께서 선정에서 깨어나셨다. 용은 변화로 나이 어린 도인이 되어 좋은 옷을 입고 부처님께 머리를 조아려 예를 올리고 여쭈었다. '부처님이시여, 춥지는 않으십니까? 덥지는 않으십니까? 모기나 등에 따위가 가까이하여 괴롭히지는 않았습니까?' -「불설태자서응본기경(佛說太子瑞應本起經)」하권 중에서

어떤 사원에서는, 사원 안으로 들어가는 통로 입구 좌우에 수호신격으로 두려움을 모르고 용맹성을 지닌 바로 그것을 상징하는 사자(獅子)나 흰 코끼리 상을 세워 놓기도 했고, 또 어떤 사원은 신전으로 들어가는 계단 길 좌우 난간을 몸통은 분명 뱀인데 머리는 코브라 혹은 그것이 변형된 용 비슷한 모양새로 장식했거나, 가부좌를 튼 부처상 상반신을 코브라가 칭칭 감고 있고, 부처상 머리 위로는 그 코브라가 머리를 쳐들고 있는 형상물을 만들어 놓기도 했다. 특히, 후자는 경전에 부처님이 가부좌한 채 명상 중일 때에 코브라가, 내리는 비나 햇볕을 막아주었다는, 픽션 같은 기록들이 있기에 그것으로부터 착안된 것이라고 나는 믿는다. 이런 정도야 경전 내용과 무관하지 않기에 그럴 수도 있겠다 싶지만 살아있는 뱀을 사원 안으로 끌어들여서 사람들의 호기심을 자극하고, 엉뚱한 궤변을 늘어놓는다면 심히 납득하기 어려운 일일 것이다.

어쩌면, 코브라와 부처의 수행을 떠올리며, 나름대로 상상하면서

'스네이크 파야(Snake Phaya)'라고도 불리는 모에 파야(Hmowe Phaya)

살아있는 뱀들을 사원 안으로 끌어들인 것이 아닌가 싶은데, 픽션은 또 다른 픽션을 낳으며, 본래의 진실에서 자꾸만 멀어져가는 것을 우려하지 않을 수 없다. 한 마디로 말해, 인간의 상상은 신화(神話)를 낳고, 신화는 또 다른 신화를 낳는다고 나는 믿는다.

어느 종교나 마찬가지이지만, 사람들이 믿는 특별한 존재(부처나 예수 등)가 부리는 초자연적 현상들을 통해서 그의 신통력을 믿고, 또 그들에게 신통력을 불어넣어주는 더 큰, 더 근원적인 존재 곧 신(神)에게 의지함으로써 현실적 고난과 시련을 극복하려는 잠재된 인간 심리가 반영되었다고 나는 생각한다.

솔직히 말해서, 이곳 사람들이 신처럼 믿는 부처에 대해서도 본질이나 사실 외적 요인들이 크게 작용했다고 보아진다. 그것들은 경전의 문장 상으로 기록된 내용의 일부이지만 상상력에 의한 과장, 허구, 비유적 표현 등으로부터 생산되는 주관적인 해석이라고 말할 수 있다. 가까운 예를 들자면, ①부처는 고대 일개 왕국의 왕의 아들이었는데 고행의 길을 스스로 걸었다. ②인접국 왕들조차 그의 설법을 듣고, 그를 존경하며 받들었다. ③그는 '일체지'를 가지고, 신통력을 부렸으며, 인간의 미래세상까지도 훤히 꿰뚫어 보았다. ④그는 여타의 생명처럼 생로병사 과정을 거쳐 죽었지만 많은 추종자들이 그의 가르침을 임의 해석하며 살아가고 있다. ⑤그를 모르는 사람들이 볼 때에는, 그의 가르침에 따라 살아가는 자들이 매우 특별해 보였을 것이고, 그래서 더욱 그와 그의 가르침에 대한 호기심이 생겼을 것이다. ⑥그를 추종하는 사람들은, 그의 모습을 형상화한 조형물을 만들어 모시고, 그 앞에서 찬미하고, 더러는 자신의 삶을 반성하며, 그에게 복을 비는 행위를 너무도 자연스럽게 해왔다. ⑦그와 그의 추종자들을 모르는 이방의, 후대의 왕들조차 그에 대해 전해 듣고 궁금해 하며, 그가 남긴 가르침이 고스란히 담겼다는 경전을 번역하고 읽으며, 직접 나서서 추종자들의 의견과 자문을 구하여 사원과 불탑을 짓기도 했다. 이런 분위기 속에서 그런 존재감과 그의 가르침이 세상 속으로 널리 널리 퍼져나갔다. 이것이 오늘날까지도 영향을 미치고 있는 형국이다.

'노카(Lawka)'라는 이름의 정령으로 모셔진 수호신
(미얀마 민속신앙)

부처(상)과 코브라의 관계를 형상화한 불상

그래서 경전 분석을 통한 그의 가르침에 대한 종합적 이해가 선행되어야 하고, 그에 따라 전면적인 재평가가 이루어져야 한다. 이런 노력 없이 맹목적으로 혹은 무비판적으로 추종하는 것은 이성적인 존재로서 결코 바람직하지 않다고 나는 생각한다.

현재, 나는 예수교 경전인 '성경'을 나름대로 분석해 보았고, 불교경전들을 읽으며 분석해 보았지만 깊이 들어가 읽으면 읽을수록 인간들의 꿈이 반영된 이상세계를 그린, 인간적인, 너무나 인간적인 문장이라는 점을 절절하게 느꼈다. 내가 신이 없다고 부정해도 신은 말하지 않으며, 신을 아무리 간절하게 부르고 외쳐도 신은 미동도 하지 않는

다. 기도 중에 혹은 전혀 엉뚱한 상황 속에서 그의 음성을 들었다거나 목전에 계시는 것을 보았다거나 꿈속에서 나타났다고 하는 일체의 것들은 있지만 스스로 지어 갖는 환각의 세계일 뿐이다. 그 자리에 예수를 놓아도 마찬가지이고, 부처를 놓아도 마찬가지이다.

그렇다면, 나는 왜 이곳 미얀마까지 와서 수많은 불교사원들을, 그것도 비슷비슷한 사원(불탑·수도원·신전 등)들을 보고 또 보았을까? 지금쯤이면 여러분이 나에게 질문해야 옳다고 본다. 물론, 나도 나 자신에게 물어봐야 할 일이다.

부처가 미얀마 두 상인에게
자신의 머리카락을 뽑아 주었다?

　미얀마 양곤에 가면 그 유명한 '쉐다곤 파야'와 '보타타웅 파
야(Botataung Phaya)'가 있고, 바고에 가면 '쉐모도 파야(Shwemawdaw
Phaya)'가 있다. 이들 세 곳은 그럴 듯한, 매우 이색적인 주장을 하
는데 그 내용인 즉 부처가 보리수 밑에서 위없는 큰 깨달음을 얻고,
주린 상태에 있을 때에 미얀마의 두 상인 형제(Taphussa & Bhalika)가
Honey cake을 공양하고서 부처로부터 고마움의 표시로 머리카락
여덟 가닥을 받았다는 것이다. 그리고 귀국하여 오칼라파(Okkalapa)
왕에게 진상하자 그 왕이 그 중 두 가닥을 봉안하기 위해서 양곤에
있는 쉐다곤 파야를 처음 쌓았다고 한다. 이는 양곤에 있는 쉐다곤
파야를 홍보하는 공식적인 리플릿에 기록되어 있는 내용이다.

　사실상 같은 내용이지만, 바고의 쉐모도 파야에서는 이렇게 말하
고 있다. 곧, 기원전 5세기경 타푸따(Taputha *이름의 철자가 조금 다름)와
발리카(Balika)라는 이름을 가진 두 상인에 의해서 인도로부터 가져온
부처의 약간의 머리카락과 치아 유물을 모시기 위해서 왕이 현재의

바고에 쉐모도 파야를 쌓았다고 한다. 이는 미얀마 현지에서 발행한 전문 바고 가이드북에 기록된 내용이다.

그런가 하면, 보타타웅 파야에서 공식적으로 만들어 주는 홍보 릿플릿에서는 이렇게 기록하고 있다. 곧, 2500년 전 기원전 6세기에 고타마 시타르타가 보리수 밑에서 49일째에 깨달음을 얻고 7일간 더 앉아계셨을 때 두 상인(위와 같은 사람임)이 Honey cake을 드리자 부처께서 받으시고 감사의 표시로 가르침과 머리카락을 주었다고 주장하면서 바로 그것이 쇼 케이스 안에 모셔져 있고 오늘날까지 친견할 수 있도록 했다는 것이다.

나는 이런 문장을 읽으면서 '정말 그럴까?'와 '그것이 그렇게 중요한가?'라는 의심을 했고, 과거에 읽었던 관련 경들을 뒤적거려 찾아보았다. 이미 기억에서 흐려져 있는 상황이기에 관련되어 보이는 내용을 어렵게 찾아 다시금 읽어보았고, 여러분들의 눈으로 직접 확인해 보라는 의미에서 핵심 구절만이라도 이곳에 옮겨 붙여 보겠다. 판단은 여러분 스스로 하기 바란다.

부처님께서 정의(定意*'삼매'로 해석하면 무리가 없음)에 드시어 7일 동안 움직이지도 않고 흔들리지도 않으시자 나무 신이 생각하기를, '부처님께서 새로 도를 증득하시고 속 시원하게 앉아 계신지 7일이나 되었는데도 아직까지 아무도 음식을 드리는 이가 있지 않으니, 내가 마땅히 사람을 구하여 부처님께 밥을 올리게 해야겠다'고 하던 차에, 때마침 장사꾼 오백 사람이 산 한쪽을 지나가는데 우마

차가 모두 쓰러져서 가지 못하였다. 그 장사꾼들 중에 두 대인(大人)이 있었는데, 한 사람은 제위(提謂)였고, 다른 한 사람은 파리(波利)였다. 그들은 두려워하면서 다시 여러 상인들과 함께 나무 신에게 나아가 복을 빌었다. 그러자 신이 빛나는 모습으로 나타나 말하였다. "금세(今世)에 부처님께서 이 우류국(優留國) 경계에 있는 니련선(尼連禪) 물가에 계시는데 아직까지 음식을 바치는 사람이 있지 않았다. 다행히도 너희들이 먼저 착한 마음을 가질 수만 있다면 틀림없이 큰 복을 얻게 될 것이다." 장사하는 사람들이 '부처님'이란 이름을 듣고는 모두들 기뻐하면서 말하였다. "부처님께서는 틀림없이 홀로 크고 높으신 분일 것이다. 천신(天神)이 공경하는 바이니 평범하신 분이 아닐 것이다." 이렇게 말하고는 즉시 미숫가루에 꿀을 섞어서 다 함께 나무 아래로 나아가 머리를 조아려 예를 올리고 부처님께 올렸느니라.

부처님께서는 이렇게 생각하셨다. '과거의 모든 부처님들께서는 사람들이 보시하는 것을 가엾게 여겨 받으셨을 것이며, 법으로 모두 발우를 가지셨을 것이다. 다른 도를 닦는 사람들처럼 손으로 밥을 받는 것은 옳지 못한 일이리라.' 그때 사천왕(四天王)은 즉시 멀리서 부처님께서 마땅히 발우를 쓰시려 하심을 알고는 사람이 팔을 한 차례 굽혔다가 펼 만큼 짧은 시간에 알나산(頻那山) 꼭대기에 함께 이르니, 마음속으로 생각했던 바와 같이 바위 사이에서 네 개의 발우가 저절로 나왔는데 향기롭고 깨끗하며 조금도 더러움이 없었다. 사천왕은 각기 발우 하나씩을 가지고 돌아와 함께 부처님께 바치며 말하였다. "바라옵건대, 상인들을 불쌍히 여기시어 그들로 하여금 큰 복을 얻게 하여 주십시오. 지금 철로 만든 발우가 있사오니 뒤에 제자들이 마땅히 그 그릇을 가지고 음식을 먹게 하십시오."

부처님께서 생각하셨다. '내가 한 개의 발우만 가지게 되면 다른 세 사람의 마음은 유쾌하지 못할 터이니 네 개의 발우를 다 받는 것이 좋겠다.' 그리고는 왼쪽 손에 네 개의 그릇을 포개놓고 오른손으로 어루만져 한 개의 발우로 합성(合成)하셨으나 밖으로는 네 언저리가 각각 나타나게 하셨다.

부처님께서 미숫가루와 꿀을 받으시고 모든 장사하는 사람들에게 말씀하셨다. "너희들은 마땅히 부처에게 귀명(歸命)하고 법에 귀명하도록 하라. 때마침 여기에 비구 대중이 있으니 마땅히 참예하여 스스로 귀명하고 곧 모두 가르침을 받으라." 각각 세 가지에 스스로 귀명하였다.

부처님께서 일어나셔서 다른 곳에서 식사를 마치고 장사하는 사람들에게 주원(呪願)하시며 말씀하셨다.

"이제 보시를 한 것은 이 음식을 먹은 이로 하여금 기력(氣力)을 넉넉하게 해 주려는 것이니, 장차 보시한 집으로 하여금 대대로 소원을 이루고, 색(色)을 얻고, 힘을 얻으며, 우러러봄을 얻고, 기쁨을 얻으며, 편안하고 쾌락하며, 병이 없고 끝내 연수(年壽)를 보전하며, 모든 사악한 귀신들이 번거롭게 하거나 가까이할 수 없게 하리니, 착한 마음을 지녀서 덕을 세워 그 근본이 견고해졌기 때문이니라. 모든 착한 귀신들은 언제나 마땅히 옹호(擁護)하여 도의 자리[道地]를 열어 보이며, 이익을 얻고 화합하여 마주 대하게 하겠으며, 머뭇거려 험한 일이 없게 하겠으며, 다시는 환란이 없도록 하리라. 사람으로서 바른 견해가 있고 믿음으로써 기뻐하고 공경하면 맑고 깨끗하여 뉘우치지 않을 것이며, 도덕(道德)을 베푸는 이는 복덕이 더욱 커서 따르는 것마다 훌륭하게 변하고 길하여 이롭지 않음이 없으리라. 해와 달과 5성(星)이며 28수(宿)와 천신(天神)과 귀왕(鬼王)들이 언제나 따르고 보호하여 도울 것이며, 사천대왕(四天大王)은 착한 사람을 구분하여 상을 주는데, 동쪽의 제두뢰(提頭賴)와 남쪽의 유섬문(維睒文)과 서쪽의 유루륵(維樓勒)과 북쪽의 구균라(拘均羅)가 마땅히 너희들을 보호하여 너희들로 하여금 횡액을 당하지 않게 하리라. 능히 지혜로운 뜻이 있어서 학문을 정밀하게 연구하고 부처님과 그 법과 승가를 공양하며, 숱한 악을 버리고 스스로 방자하지 않으면 길하고 상서로움을 받으리라. 복을 심으면 복을 얻고 도를 행하면 도를 얻어서 먼저 부처님을 뵙고 일심으로 받들어 섬겼기 때문에 장차 이로부터 제일가는 복이 이르게 되어 현재 세상에서 복을 얻고 시원하게 깨달아 진리를 보게 되며, 부유하고 즐겁게 장수를 누리다가 자연히 니원(泥洹)에 이르게 되리라."

그 때 미숫가루와 꿀이 차가워져서 부처님의 뱃속에서 풍기(風氣)가 일어났다. 제석(帝釋)이 곧바로 알아차리고 그 때를 따라 염부제(閻浮提) 경계에 이르러 가리륵(呵梨勒)이라는 약과실을 구해 가지고 와서 부처님께 아뢰었다. "이 과실은 향기롭고 맛이 좋아서 드실 만할 것입니다. 내풍(內風)을 없애는 데에는 가장 좋은 약입니다." 부처님께서 받아 잡수시자 풍기가 곧 제거되었다.
  -「불설태자서응본기경」하권 중에서

부처의 태어남과 성장과 출가와 도(道) 깨우침에 대한 내용을 담고 있는 경(經)들은, 예컨대, 이 「불설태자서응본기경」을 비롯하여 「태자쇄호경」이나 「태자수대나경」 등이 다 내 눈에는 픽션처럼 보이는데 그 가운데 특정 구절에서 파생되어 새롭게 만들어지는 내용들이야 말해서 무엇하랴. 나는 나의 눈과 혀와 귀를 믿지 남의 그것들을 잘 믿지 못하는 경향이 있기에 지금껏 외톨이처럼 살아왔다. 그래도 후회하지는 않는다. 내가 조금이라도 후회했다면 어찌 이런 말을 할 수 있었겠는가. 곧, "대중이란 자신의 눈과 귀를 가지고도 남의 것을 빌려 살거나 자신의 불완전한 눈과 귀밖에 모르는 이들이다."라고.

아, 또 한 가지 궁금증이 해소되었다, 부처를 존숭하는 사람들이 왜 그토록 많은 불탑을 쌓고, 부처상을 만들어 모셔놓고 그것들에 경배드리는지를. 여러 경들에 나오지만 이 문제에 관한 답을 속 시원히 보여주기 위해서 이 여행기를 쓰면서 다시 뒤적거렸던 경들 가운데 하나인 『대비경(大悲經)』의 내용을 적절히 옮기자면 이러하다. 곧, 『대비경(大悲經)』제2권 「사리품(舍利品)」에 여러 차례 반복 기술되고 있는 이런 구절과 무관하지 않다고 보아진다. "지극히 정성스런 마음으로, 부처님 공덕을 염하고, 한 송이의 꽃을 공중에 뿌리거나, 티끌 같은 나의 사리에 공양하거나, 나를 위해 형상과 탑묘를 세우고 공양하는 중생은 미래 세상에서 마땅히 석천왕 범천왕 전륜성왕의 지위를 얻으며, 그 복덕에 대한 과보가 이루 다할 수 없으며, 마침내 열반에 들게 된다."는 것이다. 어쩌면, 이런 내용들 때문에 불탑을 쌓고, 헌화 헌물하며, 다라니를 읽고, 합장 기도하는 신앙행위들이 오늘날까지 존속되어 올 수 있었다고 보여진다.

'아누다라삼먁삼보리'를 강조한 부처께서 어찌 이런 말씀을 하셨겠는가! 나는 경들을 읽으면서 앞뒤가 맞지 않는 점들에 직면할 때마다 "나는 이렇게 들었다(如是我聞)"로 시작되는 경이라 해서 모두가 진실이 아니라고 믿는다.

귀국과 나의 특별한 하루

이른 아침부터 택시를 타고 공항으로 갔다. 말레이시아 쿠알라룸 푸르를 경유하기 때문에 인천공항에 도착하기까지는 하루 종일 걸렸다. 나는 인천공항에서 집으로 가는 공항버스를 타려고 급히 걸어 나가는데 누가 나를 부른다. 아들이었다. 아들의 여자친구와 집사람이 함께 나와 있었다. 집을 나간 지 스무 하루째 되는 날, 빈손으로 돌아오는 나를 맞이하러 공항에 나와 있었던 것이다.

아들 녀석은 운전하면서 자기가 자주 가는 참치집이 집으로 가는 길에 있으니 함께 가자고 했다. 너무 늦은 시간이고 해서 썩 내키지는 않았지만 작심한 듯 보여서 아무 말 않고 따라갔다. 엉거주춤 따라갔지만 요리사의 구수한 입담과 함께 간만에 맛있는 참치고기를 먹을 수 있었다.

집으로 돌아와 가방도 풀지 않은 채 샤워만 하고는 나는 잠을 잤다. 아침에 일어나보니 모두 출근하고 집안에 나만 있었다. 나는 부랴부랴 샤워하고, 산으로 올라갔다. 평소 수없이 다니던 길이라 배낭도 없이 홀로 걸어 올라갔다. 다른 어느 때보다도 몸이 가벼웠다. 평소에 위험하여 잘 오르지 않는 암봉(巖峰)이지만 주저하지 않고 기어 올라갔다. 두려움도 느끼지 못했다. 아무도 없는 암봉 정상에 서서 사방을 둘러보았다. 그리고 그 자리에 가부좌를 틀고 앉았다. 들숨날숨을 가지런히 하면서 눈을 내리 감았다. 처음에는 약간 한기가 느껴졌지만 이내 사라졌다. 이젠 바람조차도 숨이 멎은 듯 사방이 고요했다. 이윽고 그동안 미얀마에서 보았던 수없는 불상의 얼굴들이 일제히 다 떠올랐다. 표정도 가지가지, 크기도 빛깔도 가지가지인 그들이 허공중에 풍선처럼 떠서 내 시야를 가득 메웠다. 그들이 점점 내게 가까이 다가오는 듯하다가도 조금씩 뒤로 물러서는 듯했다. 그러다가도 그들이 점점 확대되어 다가오면서 살아있는 군중으로 보였다. 내가 알아들을 수 없는 말들로 시끌시끌해져서 무거운 눈꺼풀을 들어올렸다. 그 순간, 그들은 일제히 사라졌다. 마치, 비눗방울이 터지듯 사라져 버린 것이다. 바닥에 손을 대어보니 차가운 바위였다. 현실은 현실이었다. 나는 차가운 암봉에 홀로 앉아 있었다.

그런데 한 가지 달라진 점이 있다면, 내 의식이 너무 맑고 깨끗해져 있고, 내 몸조차 아주 가볍게 느껴졌다는 사실이다. 마치, 비가 내린 뒤 맑게 갠 하늘과 땅 사이에 온갖 사물들의 윤곽이 선명하게 보이는 것처럼 내 눈에 내가 보였다. 이게 무슨 일인가 하고 나는 다시 눈을 내리감았다. 이윽고 경전에서 말하는, 부처의 '위없는 평등도(不等度)'와 '무위(無爲)의 도(道)'라는 말이 커다란 돌기둥처럼 나란히 내 앞에 박혀 서 있었다. 나는 그 기둥을 손으로 어루만져 보았다.

'무상의 평등도'라는 것은, 모든 생명이, 아니, 모든 존재하는 것들이 동등한 조건에 놓여서 상대적으로 다르다거나 부족하다는 인식이 없고, 어떤 바람[願]이나 욕구조차도 생성되지 않는 절대 평형의 상태를 말한다. 현실 속에서 이를 실현하기 위해서는 상대의 요구가 있을 때에 나의 모든 것을 먼저 다 내놓아야 한다. "너를 송사하여 속옷을 가지고자 하는 자에게 겉옷까지도 가지게 하며(마태복음 5:40)"나, "네 이 뺨을 치는 자에게 저 뺨도 돌려 대며 네 겉옷을 빼앗는 자에게 속옷도 금하지 말라(누가복음 6:29)."고 한 예수의 말처럼 말이다. 물론, 이런 말들이 나오게 된 배경에는 불경(佛經)이 먼저 있었지만, 부처가 된 고타마 싯다르타는 왕자 시절에 왕실 창고와 자신의 아들딸과 심지어는 부인까지도 타인의 요구에 의해서, 그놈의 무상의 평등도를 이루기 위해서 기꺼이 줘야했다는 소설 같은 얘기가 전해진다. 그래, 존재란 욕구이고, 존재의 해체란 그 욕구의 소멸이고, 그것이 곧 죽음임을 나는 안다.

그리고 '무위의 도'란, 수많은 경들에서 말하는 '공(空)'으로써 표현되는 것인데, 그것의 존재에 대해서는 인지(認知)할 수는 있지만 인간적으로 숭배할 대상은 아니다. 그저, 눈을 한 번 맞추는 것[認知]으로 족한 세계로서 존재이자 동시에 비존재인 것이다. 이 세상의 형태가 있는 우주 만물과 형태가 없이 존재하는 모든 것들을 내어놓는 주체이자 그것들을 담아내는 그릇일 뿐이기 때문이다.

내가 원하든 원하지 않든, 종국에는 그 품에서 나와 그 품으로 돌아간다. 그러니 존재한다는 사실만 인지하면 되는 것이지 인간으로서 그것을 꿈꿔서도 안 된다. 인간은 그의 숨결에 따라 존재했다가도 사라지는 것에 지나지 않기 때문이다. 모든 존재는 한 순간을 머무는 것이고, 그 머묾 가운데 희로애락이 있을 뿐이다. 그런 줄 알고 매 순간순간에 충실하라. 부처나 예수가 방편으로 말한 것들, 예컨대, 심판·부활·환생·지옥·천국·영생 따위에 집착하지 말고, 존재의 본질을 이해하고, 비록, 순간이지만 자신에게 충실하되 다 함께 사는 길로 나아가라. 그 방법이 자비에 뿌리를 둔 보시이고, 자기희생적인 이웃사랑이다.

나는 미소를 머금은 채 눈을 떴다. 햇살에 눈이 부셨다. 여기가 어디인가? 분명, 내가 즐겨 다니던 산에 있는, 오십여 개가 넘는 봉우리 가운데 하나임에는 틀림없다. 저 아래 사바세계가 곧 천국이다. 저 천국을 천국인 줄 모른 채 지옥으로 만들어가는 사람들이 많지만 그것은 사실이다. 이곳저곳에서 피어난 울긋불긋한 꽃잎들이 일제히 함박눈처럼 하늘에서 내려온다. 극락에서나 볼 수 있다던 꽃비가 내리는 것이다. 하지만 내가 감당하기에는 너무나 벅차다. 나는 이제 죽어도 좋지만 살아있으니 하산해야겠다. 그리하여 저 다양한 욕구들을 지지고 볶는 사바세계를 천국으로 알고 내 생각이 나오고 내 행동이 나오는 마음의 커다란 구멍을 거친 불길 위로 올려 놓아야겠다.

눈을 뜨고 보니

꽃잎이 너무 붉어
나는 슬프다.

저토록 절박하게
살지 못함일까?

네 간절함은 알겠다만
나는 슬프다.

내가 붉지 못함일까?
네가 나를 닮았음일까?

-2019. 04. 25.

미얀마 여행기

꽃잎이 너무 붉어 나는 슬프다

초판인쇄 2019년 6월 25일 **초판발행** 2019년 6월 28일

지은이 **이시환**
펴낸이 **이혜숙**   펴낸곳 **신세림출판사**
등록일 1991년 12월 24일 제2-1298호

04559 서울특별시 중구 창경궁로 6, 702호(충무로5가, 부성빌딩)
전화 02-2264-1972 팩스 02-2264-1973
E-mail : shinselim72@hanmail.net

정가 18,000원

ISBN 978-89-5800-211-6, 03810